빨강머리N

빨강머리N

달콤살벌한 세대를 살아가는 어른아이를 위한 에세이

글·그림 **최현정**

마음의숲

빨강머리N

루시 모드 몽고메리 원작의 《빨강머리 앤》에서

앤은 Ann이 아니라 Anne으로 불리길 고집한다.

Anne이 더 기품 있고 고귀한 이름이라고 상상하는 것.

우리가 알고 있는 앤의 이야기는 그렇게 한 소녀의 상상력에서 시작한다.

그런 의미에서 나의 '빨강머리 앤'은 Ann도 Anne도 아닌 N이다.

싫어도 좋아해야 하고, 울고 싶어도 웃어야 하는 세상을 향해

당당하게 "NO!"라고 말하는 이 시대, 이 땅의 빨강머리N.

빨강머리N 프로필

이름 빨강머리N

나이 알려고 하지 말 것

키 165센티미터 (컨디션 좋은 날은 170도 가능)

몸무게 적당히 나감.

혈액형 AO형 (굳이 O를 붙여놓은 게 더 A형같지만)

직업 을 of 을

성격 감정적, 독립적, 내성적

예상 밖의 끈기와 인내심

되게 가벼운데 되게 진지해서 알다가도 모를 성격

약자 앞에선 한없이 약하고 강자 앞에서도 약함

이상적인 미래를 꿈꾸는 순진함이 있음

취미 부동산 앱으로 원룸 구경하기

특기 오래 누워있기

좌우명 일희일비하며 살자

자주 가는 곳 롯데슈퍼

주량 맥주 3잔, 소주 반 병

술버릇 구토 → 패악질 → 기절

좋아하는 술 술술 들어가는 술

이상형 짐짓 남자답지만 섬세한 취향을 가진 사람

연애횟수 공식적으로는 3번 (진실은 알 수 없음)

좋아하는 책 김훈, 김영하, 천명관 작가의 소설

좋아하는 음악 가사가 가슴에 쿡쿡 박히는 음악을 선호

좋아하는 음식 치킨, 피자, 족발, 떡볶이, 치즈케이크

달고 짜고 맵고 기름진 모든 음식

현재 사용 중인 화장품 국민 화장품 에어쿠션 (10초면 화장 끝)

현재 사용 중인 샴푸 댕기머리 샴푸

아침에 일어나면 가장 먼저 하는 것 10분 후로 알람 맞추기

장래희망 건물주

마지막으로 하고 싶은 말

길을 가다 보더라도 모르고 지나칠 만한 사람

2호선 지하철에서 함께 부비부비하는 사람

당신의 회사 옆자리에 앉아 있는 사람

수많은 인파 중 눈에 띄지 않는 한 사람

눈 돌리는 곳 어디에나 있는 그저 그런 사람입니다

목차

1
인생은
아름답냐

2
꿈의 배신

3
집에
다녀오겠습니다

4
연애고자

7
가족,
그 사랑과 전쟁

8
나이를 뭬!!!

입구

동서고금, 남녀노소를 막론하고 전 인류가 공감하는 이야기가
'세상살이 참 쉽지 않네' 아닐까. 나 역시 마찬가지.
이 몸뚱이 하나 먹이고 입히고 재우기도 버거운데
세상은 늘 나의 가치관과 자존감까지 시험하려 드는 것 같았다.

무너진 마음의 평화를 찾기 위해 온갖 심리학 책들을 읽기 시작했다.
나는 어떤 사람인지. 왜 나만 상처받는지. 어떻게 마음을 다스려야 하는지.
무뎌진 나를 자극하기 위해 온갖 자기계발서도 읽었다.
내 꿈은 무엇인지. 무엇을 해야 하는지. 어떻게 해야 하는지.
그럼에도 내 마음은 복잡답답했다. 책 속의 내용과 현실은 괴리감이 있었다.

여차저차 한 번의 위기를 넘겨도
더 다양하게 응용된 고통스런 상황들이 진을 치고 대기하고 있었다.
이미 형성된 나의 면역력은 그 변종에 아무짝에 쓸모가 없었고,
나란 인간은 이해와 용서와 사랑으로
세상을 포용할 수 있는 성인군자가 아니었다.

새로운 삶을 위해 떠나는 사람들의 이야기도 간간이 들리지만
나는 내 인생을 송두리째 바꿔볼 엄두는 나지 않았다.
아둥바둥 어렵게 일궈온 지금의 삶조차 잃어버릴까 두려웠다.
그렇다고 그냥 사는 건 너무 너무 자존심 상하는 일인지라
소심하게 앙탈이라도 부려보고자 나의 이야기들을 꺼내놓기로 했다.
참아야 했던 말. X팔려서 못했던 말. 스스로도 외면했던 말들.

이런 저런 방법으로 나만의 비루한 시위 방법을 모색하고 있던 그때,
불현듯 생각난 인물이 바로 빨강머리 앤이었다.

어린 시절, 숱한 소녀들처럼 나 역시 빨강머리 앤의 팬이었고,
그녀처럼 세상은 낭만적이라고 상상하며 살아왔다.
영화 〈인사이드아웃〉의 빙봉처럼, 빨강머리 앤은 내 순수의 상징.
어른이 된 지금, 문득 궁금해졌다. 그리 낭만적이지 않은 이 세상 속에서
나의 빨강머리 앤은 지금 어떻게 살고 있을까….
혹시 나처럼 복잡한 감정들로 부대끼며 살고 있진 않을까.

이 책에는 희망적인 메시지도 인생 지침도 없다,
재미있게, 씁쓸하게, 때론 못난 놈처럼 잔뜩 비아냥거리며
내가 살고 있는 세상에 대해 그리고 이야기할 뿐이다.
애초에 세상에 위로를 건네겠다는 분수 넘치는 목표가 있던 것도 아니다.
팍팍한 당신의 일상 속에서 피식! 웃을 수 있는
잠깐의 시간을 빼앗을 수 있다면 그것으로 만족한다.

나의 개인 SNS 계정을 통해, 다음 스토리볼 일상공감을 통해,
네이버 출간 전 연재를 통해,
그리고 이 책을 통해 공감해주시는 분들에게 감사하며,
나는 오늘도 그저 하루하루 힘겹게 살아가고 있을
이 시대, 이 땅의 수 많은 빨강머리N들에게 한마디 툭 던질 것이다.

"난 이렇게 지내. 넌 어때?"

1

인생은
아름답냐

신 스틸러

누구나 '인생의' 주인공이란 말은
'세상의' 주인공이 아닌 사람들을 위로하기 위해 생긴 말 같아 불편하다.

주인공이 있으려면 반드시 조연이 필요하다.
아이돌 가수의 무대에는 '센터'와 '아이들'이 존재하고,
드라마 속엔 늘 '여주인공'과 그녀를 빛내주기 위한 '친구'가 있다.

가끔씩 나는 누군가를 빛내주기 위한 조연으로 태어난 건 아닐까?
생각하며 우울해지곤 한다.
절세미인도 아니고 화술이 뛰어난 편도 아니고
여러 명이 모인 자리에선 어쩐지 쭈구리가 되는 듯한 느낌.

어차피 세상의 주인공이 되긴 글러먹은 인생, 생각을 고쳐먹기로 했다.
천만 관객을 돌파한 영화가 무려 5개나 되는 오달수처럼.
주인공에게 꽂혀야 할 시선을 강탈하는 라미란처럼.

나, 주인공이 되기 위해 발버둥 치는 대신
특별한 조연이 될 것이다.
기대하시라. 새로운 신 스틸러의 탄생을.

혹시 나는
누군가의 조연이 되기 위해
태어난 건 아닐까···
아, 슬프다.

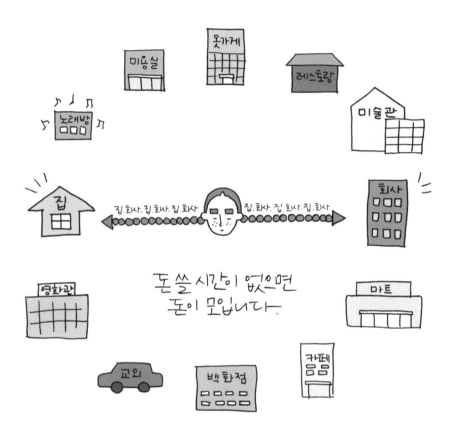

미용실

옷가게

레스토랑

미술관

노래방

집

집.회사.집.회사.집.회사   집.회사.집.회사.집.회사

회사

영화관

돈 쓸 시간이 없으면
돈이 모입니다.

마트

교외

백화점

카페
음료

재테크 노하우

저만의 노하우로 깨우친
'평범한 직장인이 돈 모으는 방법'을 소개합니다.

일단, 돈을 모으겠다고 작정하지 않고
하루 종일 회사에서 일하면서
사람들 만날 기회가 있는
술자리 같은 곳도 가지 않고
연애는 물론 연애 비슷한 것도
전혀 하지 않으면
돈은 저절로 모입니다.

에라이, 망할.

가진 건 자존심뿐

가진 건 쥐뿔도 없는 주제에 자존심은 세서
어려서부터 고생이었다.

삼 남매인 우리 형제는 서로 엉켜 자주 싸웠고,
이 삼국지 같은 전쟁은 부모님이 나서실 때까지 계속 되었다.
형제의 난이란 게 원래 잘잘못을 따질 수 있는 게 아닌지라
부모님은 늘 셋 다 "잘못했습니다" 인정하길 바라셨다.

하지만 그 당시 나에게 잘못을 시인하라는 건
고문으로 허위 자백을 받아내는 것과 같은 부당함이었다.
내가 잘못한 게 아닌데 왜 잘못했다고 말해야 하지?
결국 형제의 난은 늘 부모님과 나의 자존심 싸움으로 번지곤 했다.

잘못했다고 말해 vs 잘못한 것 없는데요

버티고 버티다가 부모님이 매를 드시면
나는 무력 앞에 굴복하기 싫어 외쳤다.
"난 잘못한 것 없으니 어디 마음대로 때려보소! 죽을 때까지 때려보시지!"
하여간에 나는 늘 기록적으로 맞았다.

안에서 새는 바가지 밖에서는 안 샐까.
학교에서도 회사에서도
이놈의 자존심은 늘 유연한 생활을 가로 막는 걸림돌이었다.

아주 그냥 종량제 봉투에 꽉 묶어 폐기처분할 수 있다면
얼마나 좋을까.

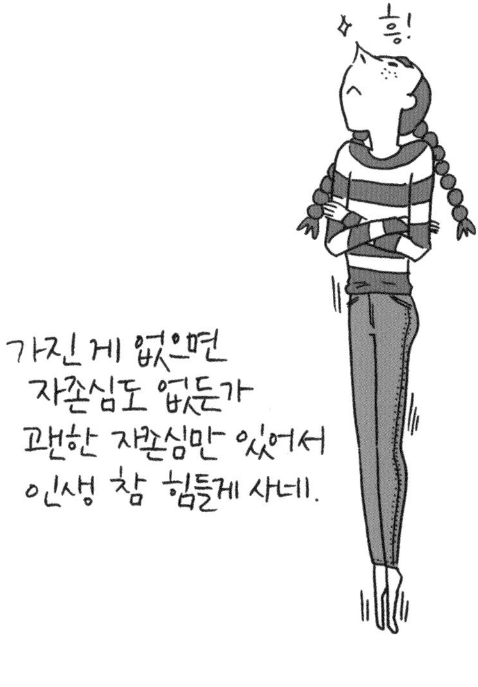

흥!

가진게 없으면
자존심도 없든가
괜한 자존심만 있어서
인생 참 힘들게 사네.

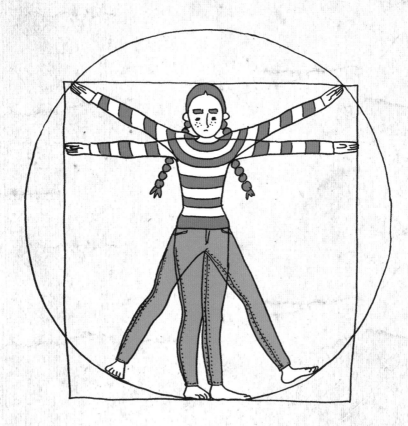

알고싶은 것도 많고, 할 것도 많고, 공부할 것도 많은데,
레오나르도 다빈치는 얼마나 죽기 싫었을까.
쓰잘데기없는 나도 이렇게 죽는 건 싫은데.

레오나르도 다빈치

미술이면 미술, 의학이면 의학, 과학이면 과학.
하나도 잘하기 힘든데 못 하는 게 없으니
천재도 이런 천재가 또 있을까.

대통령도, 사장님도, 팀장님도, 나도.
모두의 삶이 다 가치 있다는 건 배워서 알겠는데
이런 천재를 보면 그 말이 정말 맞는지 의구심이 든다.

레오나르도 다빈치의 삶의 가치가 100g이었다면
내 삶의 가치는 1g 정도에 불과한 건 아닌지.
생각할수록 아주 우울해지므로 생각하지 않아야겠다.

사기니까 프사다.

 선물

빨강머리 N
redhairN @gmail.com

1:1 채팅

무료통화

카카오스토리

몽타주

이 사진으로 몽타주 만들면
나, 안 잡히겠지?

잔머리 테스트

아이큐 검사를 하면
네 아이큐는 몇이네, 내 아이큐는 몇이네.
그중 두 자리 수가 나오는 친구는 돌고래네.
꺄르르 놀려대며 웃곤 했던 어린 시절의 기억.
다 부질없는 줄 그땐 모르고.

이후엔 아이큐보다 이큐가 중요하다더니
요즘은 아이큐나 이큐보다
삶의 피가 되고 살이 되는
잔머리가 으뜸이지 싶다.

아이큐 테스트 같은 것 말고
잔머리 테스트 하나 만들면 대박날 것 같은데.
어서 개발해서 특허 신청해야지.

잘 살고 싶다면
IQ보다는
잔머리.

한국인이라는 직업.
고되다. 참 고되다.

028

내 직업은 한국인

내 직업은 회사원.

그 전에 부모님의 딸이고, 언니의 동생, 동생의 누나.
누군가의 친구이자 선배이자 후배.
하지만 그 전에 내 직업은, 한국인.

한국인으로 산다는 건 어떤 의미일까.
초등학교에 들어가기 전부터 경쟁을 시작한다는 것일까.
미친 듯이 공부하고 쉼 없이 일한다는 것일까.
저녁이 없고 주말도 없는 삶을 산다는 것일까.

이왕 태어날 거
스웨덴인이나 노르웨이인으로 태어났으면 좋았을 텐데
왜 하필 한국인이람.

가까운 북한이나 아프리카에서 태어나지 않은 걸 감사하라고?
먹고사는 문제 앞에서 그들의 상황이 괴로운 건 사실이지만
그들이 안 괜찮다고 해서 내가 괜찮은 건 아니다.

내 의지로 바꿀 수 없는 이 직업을
나 역시 억지로 살아내고 있다고.

번식의 본능

종족 번식의 본능보다 두려움이 앞선다.

요즘은 학교 입학 전부터 한 달에 100만 원 이상 들어간다는데
아이 한 명에게 들어가는 총 교육비가 최소 1억이 넘는다는데
내 결혼도 어찌지 못하는데 내 자식 결혼은 우야노.

하찮지만 중대한 세속적 두려움 앞에
내 번식의 본능은 아스라이 사라져간다.

신사임당도 요즘 같은 세상엔
율곡 이이 못 키웠을걸?

결혼하고
애 낳고
사는 게
드럽게
엄두가
안 난다.

돈 먹는 기계가
태어났군.

031

두껍아 두껍아
헌집 줄게 내집 다오.

두꺼비인가 청개구리인가

2년마다 찾아오는
내 집 갱신의 서러움.

결국 내 발걸음은 또다시 은행으로 향한다.
올해는 꼭 헤어지리라 다짐했던 내 삶의 동반자,
마이너스 통장의 수명을 연장한다.
아마도 나는 이렇게 평생을 빚쟁이로 살겠지.

내 집 내놓으라 두꺼비를 보채보지만
그는 늘 시크하게 묵묵부답.

네 놈이 두꺼비가 아니라 청개구리인가 하노라.
하여간 말도 참말로 안 들어요.

전생에 내가
이완용이 아니고서는
이번 생이 이렇게
힘들 리 없다.

국민 여러분께
사죄하는 마음으로
이번 생을 견디리.

전생에 나라를 팔아먹은 죄

흔히들 미인을 얻거나 부귀영화를 누리는 사람을 두고
전생에 나라를 구한 놈이라고 한다.

그런데 나라를 구한 놈만 있었을까.
나라를 팔아먹은 놈도 있었지.

삶이 너무 고되고 지칠 땐 차라리
내가 전생에 나라를 팔아먹은 놈이었다고 생각해보자.

이번 생에 속죄하는 거라고 생각하면
오늘의 고난과 역경이 납득이 될 수도 있다.

휴… 나 이렇게 산다, 정말.

돌이켜 보니
수능이 그나마
내 인생
가장 공평한
기회였다는.

내 인생 가장 공평한 기회

사회에 나와보니 알겠다.
나의 미모, 출신, 아버지의 직업과 상관없이
내가 열심히 노력한 만큼 정직하게 결과를 얻어낼 수 있는 기회.

수능이야말로 일생일대의 가장 공평한 기회였음을.
고액과외가 판을 치며 소위 말하는
금수저가 수능에도 유리한 건 사실이지만,
지나고 나면 알 것이다. 그 이후엔 더 치사한 일들이 많다는 걸.
수능이 그나마 내 노력과 능력으로 채울 수 있는 구멍이었다는 걸.
이럴 줄 알았으면 공부 좀 더 열심히 할 걸.

수험생 학부모님들아.
이 페이지를 찢어서 자식들 책상 위에 붙여주시라.

이 언니 봤지?
지금 겁나게 후회하고 있다고.
너희들은 후회할 일 만들지 말라고.
믿는 구석이 없으면 공부라도 해야 한다고.

회사원 사관학교

요즘 대학 광고들이 수상하다.
너도 나도 취업률 자랑이다.
이제 학교에선 학문이 아니라 취업을 가르치는 모양이다.

이건 대학교인지. 회사원 사관학교인지.

한심하다고 규탄하면서도
나 또한 취업 전쟁을 경험했던 한 사람으로서
학문을 가르치는 학교와 취업을 가르치는 학교,
이 둘 중 하나를 고르라면 전자를 고를 용기가 없다.

나 또한 비겁하다.

입시준비끝.
입사준비시작.

취업으로
너의 쓸모를
증명해다오.

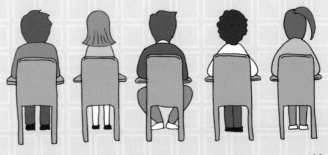

낙하산은 올라간다

남들이 피 터지게 경쟁하는 동안
쉽게 좋은 자리를 차지한다고 해서
그들이 아니꼬운 건 아니다.
그것도 능력인 게 현실이니까.

그들이 정말 마음에 안 드는 이유는,

사장이나 굵직한 회사의 임원이 아닌 평범한 부모님들이
제 자식에게 미안한 마음이 들게 한다는 것.
그들을 부러워하는 나 자신 또한 치사해서
스스로 자괴감을 느끼게 한다는 것.

그들은 정말 당당해야 할 사람들로 하여금
열등감을 갖게 만든다.
야, 이 뻔뻔한 놈들아!

우리는 한(恨)민족

집에 혼자 있는 아이 끼니도 못 챙겨주는 직장맘들의 한.
평생 가족을 위해 살아왔건만 은퇴 후 환영받지 못하는 아버지들의 한.
성적 그까짓 게 뭐라고 이름 대신 등수로 불리는 학생들의 한.
상사의 온갖 인신공격을 맨몸으로 막아내는 직장인들의 한.

총알과 대포가 날아다니진 않지만 이 땅은 여전히 전쟁 통이고,
다들 가슴속에 상처 하나씩은 가지고 살아간다.
역시 대한민국은 한민족.

나의 한은 한 번도 마음 편히 놀지 못했다는 거다.
방학이면 아르바이트다 토익공부다 학기보다 더 바쁘게 지냈고,
일 년에 한 번 휴가를 떠나도 돌아가서 해야 할 일들로
마음이 편하지 않았다.
늘 무언가에 쫓기듯 조급하고 불안해하며 살아온 것 같다.

그 정도도 안하고 사는 사람 있냐고? 그 정도가 한이냐고?
한이 뭐 대단한 건가. 못내 아쉬워 죽지 못하면 그게 한이지.
나는 놀지 못한 것이 억울해서 못 죽겠다.

이렇게 살다가
어느날 갑자기 죽으면
엄청 억울할 것 같다.

안 돼. 안 돼.
나 아직 덜 놀았어.

인생 한 번인데 먹고 죽자.

인생에 한 번은 말라보자.

짜자는 데 돈을 쓰든
빼는 데 돈을 쓰든
한군데만 쓰자.

이중부담

남친도 없어, 시간도 없어, 취미도 없어…
먹는 것이야말로 내 인생의 가장 큰 즐거움.

문제는, 맛있는 음식은 필시 고칼로리고,
고칼로리는 내 몸에 착착 달라붙는다는 것.

한 번은 집에서 피자를 먹으며 TV를 보는데
홈쇼핑에서 운동기구를 팔고 있는 게 아닌가.
한 손으로는 입에 피자를 쑤셔 넣으면서
다른 한 손으론 자동주문전화를 눌렀다.

먹는 데 돈 쓰고, 빼는 데 돈 쓰고.

역시나 그 운동기구는 가보도 아닌 것이
따뜻한 아랫목에 고이 모셔져 있다.

오늘 뭐 했지?

어쩌다 쉬는 주말, 종일 늘어져 하루를 보내면
어느새 불안감이 엄습해온다.

나 오늘 하루 제대로 보낸 건가.
하다못해 동네 슈퍼라도 나갔다 왔어야 했나.
잠들기 전 비생산적인 하루를 반성하며
뒤늦게 책을 펼치곤 한두 페이지 읽다가 잠이 든다.

그렇다고 해서
바쁘게 보낸 하루가 생산적이었다는 느낌도 아니다.
점심 저녁 다 책상 위에서 김밥으로 때우고
밤 12시까지 일하다 들어왔으면
오늘은 생산적인 하루를 보냈다며 만족해야 할 것 아닌가.
오늘 뭘 했는지 기억조차 나지 않는다.

할 일이 많아도 걱정, 할 일이 없어도 걱정
걱정이 있어도 걱정, 걱정이 없어도 걱정
어쩌다 보니 나는 '걱정 인간'이 되어버렸다.

오늘도 잠들기 전 생각한다.
나 오늘 뭐 했지?

아, 걱정이다 걱정이다.
걱정이 없는 게
걱정이다.

유토피아

모두가 행복하고
부족함이 없는
이상적인 나라, 유토피아.

나는 이 세상에 유토피아는 없다고 믿어.

하지만
모두가 유토피아를 상상하고,
그걸 위해 노력해야 한다고 믿어.

그래야
그 비슷한 삶이라도 살 수 있지 않을까 생각하거든.

조금만 더 많은 사람이. 조금만 더 나은 삶을.

우리, 굉장히 대단한 걸 바라는 건 아니잖아.
그러니까 일단 투표부터.

2

꿈의 배신

No pain, No gain.

고통받지 마라, 안얻으면 된다.

고통 팔아
얻은들
무엇하리.

고통의 공식

노 페인 노 게인.
고통받는 만큼 얻는다는 뜻.

그렇다면 고통과 얻는 것은 같은 양의 값.
쉽게 생각해서
고통을 -1, 얻는 것을 +1.
지금 상태를 0이라고 생각해보자.

고통스럽게 무언가를 얻는다고 한다면
$$-1 + 1 = 0$$
고통 없이 무엇도 얻지 않는다고 한다면
$$0 + 0 = 0$$

어차피 쌤쌤인데
꼭 고통스러워하면서까지
무언가를 얻어야 할까?

난 그냥 살래.

054

현명한 변명

어머니들은 한번쯤 꼭 이런 말을 하시더라.
"우리 애가 머리는 좋은데 공부를 안 해서…."

포인트는 '못해서'가 아니라 '안 해서'.

난 이 말을 들을 때마다 여간 죄스러운 게 아니었다.
엄마… 그게 아니에요… 솔직히 열심히 했는데 이런 거예요.

그때는 엄마가 참 치사한 변명을 한다고 생각했는데
요즘엔 나도 간혹 이 변명을 이용한다.

회사에서 내 아이디어가 잘 안 먹히면
'더 잘할 수 있었는데 열심히 안 해서…'
라는 정신요법으로 전쟁에서 참패한 나를 치료한다.
내상을 치료하기에 이보다 더 좋은 방법은 없다.

그렇다. 나는 언제든 열심히만 하면
더 좋은 아이디어를 팍팍 낼 수 있는 사람이다.
하하하. 오늘도 정신승리.

꿈이 꼭
있어야 하나요?
그냥 살아지는 대로
살면 안 되나요?

자꾸 꿈을
강요하지 마세요.

꿈이 없는 사람

꿈이 있는 사람은 당당하고 활기차 보인다.
매사에 열심이고, 힘든 일도 긍정적으로 받아들인다.

반대로
꿈이 없는 사람은 한심하고 지루해 보인다.
매사에 의욕이 없고, 힘든 일은 잘 견디지 못하는 것 같다.

이것이 세상의 일반적인 생각.
그래서 모두가 꿈을 가지라고 말하는 거겠지.
그런데, 정말 그런 걸까? 꿈이 없는 건 잘못된 걸까?

꿈이 있는 사람이 빛난다고 해서
꿈이 없는 사람이 빛나지 않는 건 아닐 텐데.

언젠가부터 꿈을 갖는 게 꿈이 되어버렸고,
젊은이들은 꿈이 없음을 자책하기도 한다.

하지만 이 지구에 태어난 생명체로서
밥 먹고 숨 쉬고 잠자며 세상 구경하다 가는 것만으로도
우리의 존재 가치는 충분하지 않을까?

꿈만 쫓느라 오늘의 즐거움은 포기하고 안달복달하는 삶.
나는 생각보다 행복하지 않았던 것 같아서
이제부턴 그냥 살아지는 대로 살렵니다.

꿈은 있으나
돈이 없어서.

고노력 평준화의 시대

꿈이 있다고 해도 그 또한 고행의 길이다.

꿈도 중요하지만 당장 오늘 한 끼가 더 중요해서
젊은이들은 시간과 노동력을 헐값에 팔고 있다.
꿈을 위해 노력할 여유조차 허락되지 않는 사람도 있고
끝까지 최소한의 운마저 따라주지 않는 사람도 있다.

누군가는 그 또한 노력이 부족한 것이라 말하기도 한다.
하지만 사실 그런 생각도 우습다.
모두가 미친 듯이 열심히 산다면 노력도 '고노력 평준화'가 된다.
마침내는 고작 밥 한 끼 먹기 위해서도 치열함을 요구할 것이고
그것을 당연하게 여기는 세상이 될 것이다.
나는 묻고 싶다. 정말 그렇게 살고 싶은 건지.

노력이 평범했으니 못 사는 게 당연한 게 아니라
평범한 사람들이 평범하게 사는 게
기준이 되어야 하는 것 아닌지.

리얼리스트

꿈이란 게 원래
이루어질 가능성은 크지 않은데,
기울인 노력만큼 보상심리와 실패의 상처는 커지는 것.

그래서 꿈은 작을수록 좋다고 생각한다.
작은 꿈을 하나씩 차근차근 이루다보면
생각지도 못한 엄청난 일이 이루어져 있을지도.

그러니 나는
아주 작고 미세하고 사소한 꿈을 꿀 테다.
이를테면, 오늘 칼퇴를 하겠다든가.

아… 이건 너무 큰 꿈인가.

우리 모두
리얼리스트가 되자.
가슴 속에
가능한 꿈을 꾸자.

불가능한 꿈은
날 불행하게
만들 테니까.

장래희망···
나는 이미
그 장래를
살고 있는데
나는 무엇이
되어있나.

장래희망

7살 때 유치원에서 장래희망을 묻길래 간호사라고 답했다.
얼떨결에 답했을 뿐 장래희망 따위 생각해본 적 없던 시절이다.
초등학교 때 실수로 미술대회에서 상을 타왔더니
부모님은 내 꿈이 화가라고 했다.
그 당시 나에게 화가는 그저
'맑게 개인 공원에서 그림을 그리는 턱수염 난 아저씨'였을 뿐.
중학교 2학년 자기소개서의 장래희망 칸에는 그림을 그려 넣었다.
개울가에 누워 삼지창을 던져 물고기를 잡아먹는 한량의 모습이었다.

지금 내 나이는 어린 시절 희망하던 바로 그 '장래'의 시기.
그런데 나는 지금 무엇이 되어있는가.

간호사와는 돌이킬 수 없이 멀어졌다.
내 적성과는 전혀 맞지 않는 일이니까.
화가가 되는 것도 무리인 것 같다.
나는 그 정도의 깜냥은 안 되는 인물이니까.
산에 들어가 사는 한량도 좀 한계가 있다.
산속에선 도미노 피자 배달이 안 되는데 그건 내겐 아주 중요한 문제니까.

지금의 나는
어릴 때 언급했던 장래희망들과 아무 관계없는 일을 하고 있다.
남들이 보기엔 고개 돌리는 곳 어디에나 있는 그냥 직장인.

누군가는 한심하다고 혀를 찰지도 모르지만
뭐, 그냥 그런대로 만족하며 산다.

긍정이란 스트레스

나는 "괜찮아. 힘내. 잘될 거야"와 같은
긍정의 말을 주입받을 때 오히려 스트레스를 받는다.

현실이 똥밭이라 구린내가 펄펄 나는데
그럼 똥을 똥이라고 하지 똥을 금이라고 생각하란 말인가.
긍정적으로 생각한다고 내가 처한 상황이 달라진단 말인가.
긍정적으로 생각하기보단 현실적으로 생각해야 하지 않을까.
문제 해결은 현실을 제대로 직시하는 것에서부터 시작된다.

이건 똥이다.
똥을 금이라 생각하지 말고 똥이란 걸 인지하자.
그래야 똥을 피하든 치우든 조치를 취할 수 있을 테니까.

근거없는
긍정론을
저는 무척이나
싫어합니다.

달리기

목적지가 같다고
출발선도 같진 않다.

그러니까 내게 꼭
이기라곤 하지 마요.

이미 충분히
최선은 다하고 있다고.

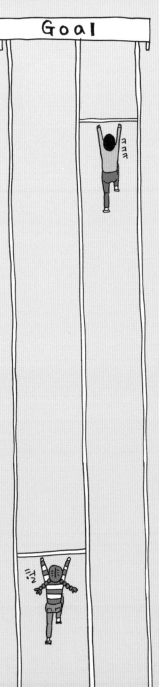

달아달아 밝은 달아.
반짝반짝 빛나는 건 바라지도 않을게.
평범하게만 살 수 있게 해줘.

소원

어렸을 때 우리 동네는 가로등이 많지 않아
달과 별이 아주 잘 보였고, 나는 누워서 그것들 보기를 좋아했다.
나도 저렇게 반짝반짝 빛나는 사람이 되게 해달라고 소원도 빌곤 했다.

지금 사는 집은 5층에 있는 옥탑방이라
봄가을엔 돗자리 깔고 누워 하늘 보기 딱이다.

하지만 지금의 나는
저 달과 별처럼 반짝반짝 빛나기를 바라지 않는다.
인생의 큰 굴곡 없이 무난하게 살 수 있길 바란다.
엄청나게 잘 살기를 바라지도 않고, 그저 안 좋은 일만 없기를 바란다.
남들처럼 평범하게 살다가 평범하게 갈 수 있기를 바라고 바란다.

달아 달아 밝은 달아.
이렇게 누추한 소원마저 들어주지 않으면
내 너를 계란지단으로 지져 한입에 먹어버리리.

직업의 귀천

정말로 직업에 귀천이 없다면,
'직업에는 귀천이 없다'는 속담이 있을 리 없다.

정말로 직업에 귀천이 없다면,
환경미화원 모집에 대졸자가 몰렸다는 뉴스가 있을 리 없다.

정말로 직업에 귀천이 없다면,
나이 어린 상사에게 고개를 조아리며 자존심 상할 이유가 없다.

정말로 직업에 귀천이 없다면,
귀한 여식을 둔 강남의 부모들이 '사'자 들어간 남편감만 수소문할 리 없다.

아, 직업에 귀천이 없다는 말은 얼마나 가식적인가.

각자의 자리에서 각자의 하루를 살아가는
모든 분들을 존경하기에 나는 이 말이 더 아프다.

직업에 귀천이 있다는 것.
너도 알고 나도 알고 우리 모두가 알잖아.

070

행복하겠다고
결심한 순간부터
행복하지 않아졌어.

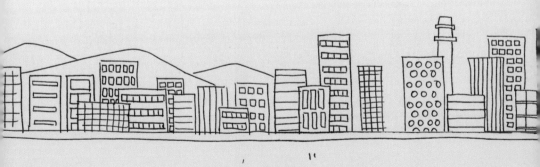

072

행복 따위 필요 없어

"우리는 행복하기 위해 사는 겁니다."
고등학교 시절, 선생님 한 분이 이런 말씀을 하셨다.
당시 나는 큰 깨달음을 얻은 것 같았다.
그래! 인간은 치킨과 피자를 먹기 위해 사는 게 아니라
행복하기 위해 사는 거구나!

그날 이후, 행복은 내 인생의 커다란 명제가 되었고
나는 행복하기 위해 나름 열심히 살아왔다.
그런데 그렇게 딱 15년을 보내고 나니
과연 내가 행복한 건지 의문이 생겼다.
아니 사실은,
15년 전 그 이야기를 들은 후로 불행해졌다는 생각이다.

행복해지겠다고 결심한 순간부터
꽤 만족스러웠던 생활이 불만족스러워졌고
내 삶에 뭔가 결핍된 것 같았고, 남들보다 덜 행복한 것 같았고
결국 내 인생이 통째로 불행한 것 같았다.
아니, 과연 행복이란 게 정말 있는 건지도 모르겠다.

그래서 나는 행복하기 위해 살지 않기로 했다.
그런 위대한 명제 대신 오늘의 치킨을 위해 살기로.

그때 그 선생님은 지금 행복하시려나.

074

Success? Sucks!

성공이란 단어만큼 비인간적인 말이 있을까.
이 두 글자는 사람을 이분법으로 분류한다.
'성공한 자'와 '성공하지 못한 자'.

우리는 그 사이에 존재하는
미세하게 다른 성공들에 주목할 필요가 있다.

음악에도
약함과 강함 사이에
강 약 중강약 강 약 중강약이 있는 것처럼

성공에도
약간 성공, 중간 성공, 강한 성공,
약하다가 강한 성공, 강하다가 약한 성공.
뭐 이런 것들이 분명 존재할 테니까.

이렇게 생각하면 사람들이
성공의 압박에서 조금 자유로워질 수 있지.

약약약약약약약약약약약성공이어도
성공은 성공이니까. 훗.

올해, 나의 목표

하루에 한 번 크게 웃기.
건강한 음식 먹기.
연애 같은 것 하기.
누군가에게 실질적인 도움되기.
자책하지 않기.
화가 날 땐 화내기.
쉽게 흔들리지 않기.
타인의 시선으로부터 자유로워지기.

어떤 것은 가능하기도
어떤 것은 불가능하기도 하지만
뭐 엄청난 걸 이루겠다는 건 아니니까.
이 중에 하나는 하겠지.

그래서, 오늘도, 열심히.

3

집에
다녀오겠습니다

현대판
소작농들.

현대판 소작농들

농경사회에서 줄줄이 개간하던 땅의 모양이
오늘날 회사의 사무실 책상 구조와 닮아있다.

확 불태워 버리고 싶던 노비문서가
입사할 때 사인한 근로계약서와 닮아있다.

탁탁탁 경작하던 소리는
키보드 두드리는 소리와 닮아있다.

그래 봐야 소작농인데 소작농들 사이에선
누구네 경작지 토질이 좋네 아니네
내가 높은 소작농이네 너는 낮은 소작농이네
왈가왈부하고 있다.

시대는 바뀌어도 사회의 기본 구조는 흔들리지 않나보다.
다음 생에는 대지주로 태어나길 바랄 뿐.

어서
새클라이언트를
개발해라!

자, 하늘 위로
당신의 야근 불꽃이
터지고 있습니다~

쌓으면 쌓을수록 손해
열정 스펙

나라고 처음부터 모난 돌은 아니었다.
청년실업 시대에 그저 일할 수 있음이 감사했고,
월급이 들어오면 내가 이 돈을 받을 만큼 일했는지 반성했다.

입사 후 첫 배치를 받은 날,
밤 9시에 시작한 회의가 아침 7시에 끝났는데
"그렇지! 직장인이라면 야근이지! 밤샘도 문제없어!"
라고 병신력 쩌는 생각도 했던 것 같다.

그 후로도 쭉 계속된 밤샘과 주말 근무도
'내가 하고 싶은 일이니까' 당연한 것이라 여겼다.
이렇게 청년실업의 가장 큰 문제는
청년들 스스로 을이 된다는 것이다.

열정이 있으니 난 힘들어도 돼.
열정이 있으니 난 돈을 덜 받아도 돼.
열정, 세상에 이렇게 쌓을수록 손해인 스펙이 또 있을까.

하고 싶은 일을 할 수 있다는 건 감사한 일이지만
그래도 열정은 열정이고, 힘든 건 힘든 거다.

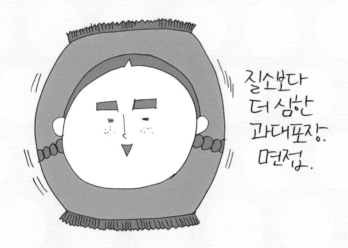

질소보다
더 심한
과대포장.
면접.

과대포장

딸기향 5% 첨가지만 100% 딸기맛인 것처럼.
중량은 50g이지만 100g인 것처럼.
바나나맛, 초코맛, 커피맛 등 다양한 맛이 있는 것처럼.

나를 먹음직스럽게 포장하기 위한 헛소리가 절로 나온다.
질소포장보다 더 심한 과대포장이 있다면 면접이 아닐까.

반면교사

회사에선 참 많은 걸 배운다.
보고서 작성법
논리적 사고력
직장 예절
문서 정리법
부서 간의 협업
비즈니스 마인드
동기들과의 전우애
사수와의 끈끈함
후배들 조련법
공과 사를 구분하는 것
거래업체와의 밀당

그리고, 너같이 살지 말라는 것.

캐러멜
마끼아또 맛
사약이다.

야, 커피나
타와!

네 공이 내 공
내 공도 내 공

공이란 것은 계량스푼으로
너는 몇 그램, 나는 몇 그램 잴 수 있는 게 아니라서
누가 어떻게 어필하느냐에 따라 그 무게가 달라진다.

그러니 누군가 팀의 성과로 나를 칭찬하면
"아닙니다. 다 같이 한 겁니다"는 오답.
"맞습니다. 다 제가 한 겁니다"가 정답.

사람은 겸손해야 한다고 배웠는데,
역시 내가 배운 건 아무짝에 쓸모없구나.
오늘도 자책하며 머릿속으로 시뮬레이션을 한다.

"아~ 그거? 내가 했소이다!"

Oh~!
어느 회사에나 꼭 있는
공 가로채기 선수~

둔함이야말로
오피스 생존 필수템.

창과 방패

사사건건 인신공격을 일삼는 사람이 있다는 것도 놀랍지만
그것을 아무렇지 않게 받아들이는 사람이 있다는 것은 더 놀랍다.
솔직히 처음엔 병신인 줄 알았는데 이제는 알 것 같다.
그런 사람이야말로 현대사회에 딱 맞게 진화한 사람이라는 걸.
둔하고 무딘 사람이야말로 회사에서 원하는 인재상이라는 걸.

부럽다. 부럽다. 당신의 능력.

갑을병정 도미노

갑이 을의 월요일을 요구하면
을은 병의 일요일을 요구하고
병은 정의 토요일을 요구한다.

그렇게 모두의 주말이 무너지고
헐레벌떡 월요일에 보고하면
위대하신 갑님은 일정이 뒤로 밀렸으니
더 열렬하게 삽질을 하자고 하신다.

아오! 솔직히 말해. 새꺄.
밀린 거 아니잖아. 원래부터 스케줄 넉넉했잖아.

이러니 내 입에 쌍욕 잘 날 없다.

노래방의 신

1차로 고깃집에서 든든히 배를 채워주더니
2차로 노래방까지 데려가 주는 회식.
아, 회식이란 얼마나 즐거운 자리인가.

흥부자인 나는 입장하자마자 스테이지로 직진.
누가 시키지 않아도 춤추며 노래하는
아, 이 얼마나 기특한 신입사원인가.

그러던 어느 날, 정신차리고 둘러보니 눈에 들어오는 사람들.
가장 높으신 분 주위로 모여 앉아 손바닥 비벼대는 사람들.
적당히 올드한 노래를 주고받으며 유대감을 형성하는 사람들.

아, 아이돌 신곡 부르는 건 나뿐이구나.
아, 나 혼자 정말 놀고 앉았구나.
아, 나도 뭔가 해야 할 것 같은데 뭘 해야 하지.

갑자기 절로 나오던 노래와 어깨춤이 쏙 들어갔다.
그날 이후, 나는 노래방에 가면
얌전히 앉아있다 아무도 모르게 사라지는 아이가 되었다.

아, 등신도 이런 등신이 또 있을까.

난 바닥을
비비고.
넌 손바닥
비비고.

♪ ♬
샹하이 샹하이
트위스트 추면서~♪

으악!

어이쿠!

건들건들

팽팽

휴전

밀당

하라는 대로 다 하면
호구로 찍히고,

내 의견을 강력히 주장하면
건방진 놈으로 찍힌다.

총애와 미움 사이를 아슬아슬.

남자랑도 안 하는 밀당을
상사랑 해야 할 줄이야.

하루가 일년처럼 흐르는 곳.
나 지금… 회의실에 있어…

시간과 정신의 방

〈드래곤볼〉을 보면
'시간과 정신의 방'이란 곳이 나오는데
방 밖의 하루가 이 방 안에선 일 년이 된다.
그래서 손오공은 그 방에 들어가
전투력을 상승시킬 시간을 벌곤 했다.

나도 아이디어 회의 직전
그 방에 들어갔다 오는 상상을 해본다.
오랜 시간 아이디어를 숙성시키고 다듬은 후
빅 아이디어를 장전하고 자신감을 충전해
짠! 하고 나타나는 것… 이 될 리가 없지.

그런데 일단 회의만 시작되면
회의실이야말로 시간과 정신의 방으로 둔갑한다.
시간이 참 더럽게 안 가.

어쩐지 폭삭 늙어 나오는 것 같기도 하고.

주말징병제

오붓한 주말,
한 가정의
아빠를
엄마를
아들을
딸을
빼앗아가는 일이다.

그러니 제발
미안한 척이라도 해줘.

일제강점기 때
우리네 아들딸들
징용해간다고 욕했었지?

일본 놈들 욕할 것 하나 없네.

노련함의 곱추

매년 12월. 바야흐로 인사 시즌.

이 시즌만 되면…
부장님 욕하던 과장님은 어디 가셨어요.
역시 연차라는 거 괜히 잡수신 게 아니구나.
노련하게 상황따라 행동도 변해야지. 암, 그렇고말고.

아, 그만해. 그러다 곱추되겠어.

봄 여름 가을 겨울

봄이면 꽃 좀 보고 싶고
여름이면 바다 좀 가고 싶고
가을이면 단풍 좀 밟고 싶고
겨울이면 눈 좀 맞고 싶고…

봄, 여름, 가을, 겨울
난 여기 있고…

대한민국은 사계절인 게 자랑이라던데
아, 사시사철 계절을 느끼는 것이
이렇게 힘든 일이던가.

깨끗하게, 맑게, 자신있게

고지식한 생각
쓸모없는 편견
접근불가 권위

쨍쨍한 태양 아래
멸균해드리고 싶어라.

나도 당신 덕에
매일 바짝바짝 말라가고 있으니
이 정도로 군말 마소.

내가 은근 FM이라서
이런 교과서만 있었어도
잘 해냈을지도 몰라.

직장생활

"교과서에 충실했어요"라는 수능 만점자의 입방아는
온 국민과 매스컴이 숭배하는 전설로 전해졌고,
대한민국 1등 FM이었던 나는 그 기운을 받들어
진정 교과서에 충실한 아이였다.
바른생활, 즐거운생활, 슬기로운생활을 거쳐
국어도 영어도 역사도 교과서 중심으로, 문제집은 거들 뿐.

사회생활을 하면서 보니 대한민국의 교과서는
정말 가르쳐줘야 할 것들은 쏙 빼놓고 가르치는 듯했다.
연애생활을 배우지 못해 나는 연애고자가 되었고
직장생활을 배우지 못해 사회 부적응자가 된 것 같았다.
안다. 안다. 나도 안다. 핑계라는 거.

그래도 교과서에서
상사와 마찰이 있을 땐 무조건 상사가 맞다고 해라.
직장 동료와는 파일만 공유하되 욕은 공유하지 마라.
후배에게 늘 좋은 선배가 되려 했다간 늘 만만한 선배가 된다.

따위들을 미리 배웠더라면…
나도 잘 할 수 있었을 것 같은데.

* FM(Field Manual): 야전 교본. 교과서처럼 움직인다는 의미의 군대용어.

실패한 밥상 위엔
숟가락만 얹은걸로…

104

나를 과소평가하자

일이 잘 풀리면
남들 다 하는 거라고
내가 한 건 별로 없다고
스스로를 과소평가하다가

일이 안 풀리면
나 때문이라고
모든 게 내 탓이라고
스스로를 과대평가하는 나.

정신 차리자. 내가 언제부터 그렇게 대단한 사람이었더냐.
모든 게 내 탓이라고 생각하는 것이야말로
엄청난 자만인 것 같다.

이럴 때일수록 스스로를 과소평가해보자.
어차피 내가 잘하든 못하든 큰 상관없었다고.
조금 더 뻔뻔해지자. 내 정신건강부터 챙기자.

생각의 여백

동양화에서 공간의 여백을 중요하게 여기듯
나에겐 생각의 여백이 꼭 필요하다.
아무 생각 없이 보내는 시간이 없으면
정작 생각해야 할 시간에 아무 생각이 나지 않는다.
그러니 어찌 보면 이것도 일의 연장.

앞으로도 열심히 멍 때리겠습니다.

하루에 한 번은
멍 때릴래요.
그렇지 않으면
생각이 멍들 것 같아요.

에디슨
야근을 발명했어.

야근왕 에디슨

이 줄야근 고통은 누구 때문인가.

문제를 해결할 희뜩한 아이디어를 내지 못하는 나.
동공을 좌우로 흔들며 이도 저도 결정 못하는 팀장님.
윗사람 눈치 보면서 이랬다저랬다 말 바꾸는 클라이언트 실무.
잘난 척은 다 하면서 결국 다 해달라는 클라이언트 회장님.
오래전부터 숙성된 갑을 구조 개선엔 관심도 없는 현 시대의 정치인들.
개떡 같은 근로 문화를 물려주신 조상님들….

이렇게 따져들다 보면
모두의 잘못이기도 하고
모두의 잘못이 아니기도 하다.
그러니 어디 마땅히 따질 곳도 없는 것이다.

그럼에도 불구하고 내게도 원망의 대상은 필요하니까
저 바다 건너 고인에게 분노의 화살을 돌려본다.

에디슨 이 할배가 자연의 섭리대로 살 것이지
염병할 전구 따위를 만들어서 밤을 밝혀 가지고는
밤에 일을 하게 만들어.

확, 그냥! 위인전에서 빼버려!

때려치기

쏟아지는 업무들을 후려치기!
신경 건드리는 동료를 엎어치기!
결국 이 놈의 회사를 때려치기!

호기롭게 나가봐야 뭐하나.

배운 게 이 짓인데
똑같은 일 하겠지.

그래도 비빌 언덕은 월급통장뿐

소속이 있다는 건 책임감을 요하지만
무소속 출마는 두려움을 유발한다.

동물원 안에서의 한 끼는 치사하지만
야생에서의 한 끼는 그야말로 생존이다.

늘 아쉽고 모자란 월급이지만
이 월급 없인 내 생활도 없다.

그러니 이러니저러니 해도
오늘도 출근할 수밖에.
아이씨. 아이씨. 파이팅!

인생의 추임새

나	언제까지 이렇게 살지. 더 이상은 못 해먹겠어!
친구	그래. 나도 네가 그 일을 그만뒀으면 좋겠어.
나	정말 하루에도 몇 번씩 저승사자를 만나는 것 같은 기분 알아?
친구	알아. 그러니까 그만 두라고.
나	음… 근데 그건 좀…
친구	왜? 방금 네 주둥이로 못 해먹겠다고 말했잖아.
나	근데 그게 꼭 못하겠다는 걸 의미하는 건 아니야.
친구	그건 또 무슨 말이야?
나	못하겠지만 할 수도 있단 뜻이지.
	일의 총량이 10이라고 한다면, 9는 고통인데 1은 짜릿하거든.
	우리는 그 1을 향해 달리지. 마약 같다고나 할까?
친구	1을 위해 달린다고 하지만 네 개인 생활은 1도 없잖아? 네 인생을 봐.
	아마 네 부모님은 널 돈 벌어오는 기계라고 생각하실걸?
나	더 이상 내 일을 모욕하지 말아줄래? 내가 욕하는 건 괜찮지만
	네가 욕하는 건 참을 수 없어.
	내가 내 남친 욕하는 건 괜찮아도, 친구가 내 남친 욕하는 건
	참을 수 없는 거랑 같아.
친구	도대체 어쩌라는 거야. 욕만 하든가 닥치고 일만 하든가 하나만 해.
나	그렇지만 힘들긴 하다고….

- 정말 오랜만에 만난 친구와의 대화

미안해. 아직은 재미있어서.
아직은 그만둘 수 없다고….

회사를
그만 두겠다는 말은
그냥 인생의
추임새 같은 것.

그렇게 꼰대가 된다

세월을 정면으로 맞은 직장인을 세상은 꼰대라고 부르는 것 같다.
나 역시 꼰대들의 권위적인 태도가 너무 싫었다.

그런데 어느 날부터인가
날 선 선배의 신경질이 이해되기 시작했다.
저 분도 저런 말을 하고 싶어서 하는 건 아닐 것이다.
벌써 경쟁PT 8연패인데 얼마나 심장이 쫄릴까.
나 따위도 책임이 버거워 도망가고 싶은데
저 자리의 무게는 얼마나 무거울까.

어느 날부터인가
후배의 행동이 거슬리기 시작했다.
이게 또 거짓말하는 것 같은데.
와, 지 살자고 선배를 팔아먹어?
또 못하는 척 선배한테 떠넘기는군.
어쭈, 핑계도 가지가지다.

아마도 시간이 좀 더 흐르면
내가 가장 싫어했던 잔소리를 후배들 모아놓고 하고 있겠지.
"야, 나 때는 말이야~."

그렇게, 나 역시 꼰대가 된다.

누군가에게
나 역시
꼰대는 아닌지
경계. 또 경계.

인생은, 가까이 봐야 즐겁다

인생은
멀리서 보면 희극
가까이서 보면 비극이다.
- 찰리 채플린

내가 참 좋아하는 사람의
내가 참 좋아하는 말.
그러나 정답이 없는 우리의 인생 속엔
그 반대의 경우도 존재하는 것 같다.

클라이언트와 실랑이하고 돌아서자마자 동료들과 수다 떨며 깔깔 웃고
맛있는 저녁 한 끼에 조금 전까지 타오르던 분노가 사그라들고
반복되는 야근과 주말 근무 속에 전우애가 싹트기도 한다.

그래. 여기도 사람 사는 곳이니까.
눈물방울 떨어지는 만큼 웃음꽃 또한 만개한다.
그러니 우리가 이렇게 버티고 있는 거겠지.
오늘도 우리 사는 세상을 자세히 들여다보고
작은 것에 웃고 감사하리라.

어쩌면 인생은,
멀리서 보면 비극
가까이서 보면 희극일 수도.

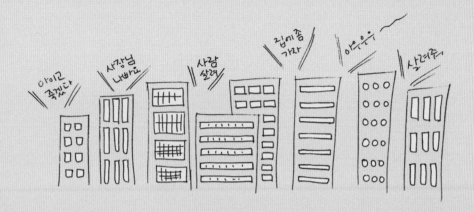

117

4

연애고자

얼굴이 예뻐
남자들이 따르고
그 남자들
저울질 하는 여자.
썅년이 그런 거라면
내가 하고 싶소.

썅년

쌍년지망생

영화 〈건축학개론〉에서 여주인공 서연과 강남오빠가
함께 자취방으로 들어가는 장면을 목격한
남주인공 승민의 한마디가 강렬하다. "쌍년."

그렇다. 쌍년.
남자들은 그녀를 국민 첫사랑이라 하지만
여자들은 그녀가 국민 쌍년임을 직감한다.

마음을 줄 듯 말 듯 줄 듯 말 듯
이 남자 저 남자 저울질하고
어장관리에 충실한 쌍년.

요즘 세상에 쌍년은 욕이 아니라 칭찬이다.
영악하게 세상을 살아갈 수 있는
하드웨어와 소프트웨어를 탑재했다고 해야 하나.

이 덕목을 갖추지 못한 나는 쌍년의 그릇은 아님이 분명하다.
하지만 타고 나지 못했다고 시도도 안 해보고 포기할 순 없지 않은가.

국민 쌍년이 되는 그날까지.
이 쌍년지망생, 열심히 몸과 마음을 갈고 닦을 것을 외칩니다!

어차피
걔가 걔고
걔가 걔다.

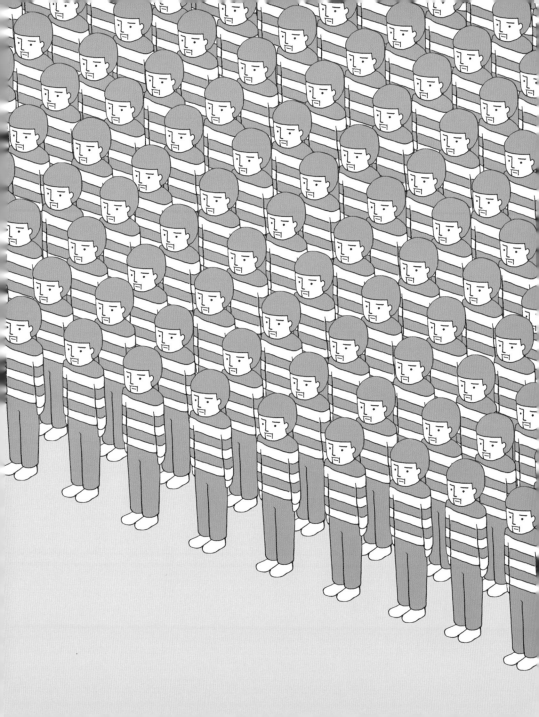

역시
별놈 없군.

네년도
마찬가지.

연애 못하는 이유

대머리 유전자가 있으니
50대엔 대머리가 될지도 몰라. 안 돼.

사치가 좀 심한 것 같아.
돈 빌려 달라고 할 수도 있어. 안 돼.

성격이 좀 욱하는데?
데이트 폭력의 가능성이 있어. 안 돼.

99%의 잘 될 가능성도 1%의 말도 안 될 가능성으로
시작도 전에 포기하는 것.

연애고자 사전에 '만나보고, 아님 말고'란 없다.
매 썸을 대하는 태도가 사뭇 진지하다.

연애고자들이 세상에서 가장 부러워하는 여자가
'짧게 짧게 많이 많이 만나는 여자'다.
남자들 어차피 그놈이 그놈이라는데,
제발 아무 놈이라도 만나나 보길
오늘도 간절히 기도하지만

난… 난… 안 될 거야….

연애고자의 연애법칙

가는 남자 안 막는 게 철칙.
오는 남자 막아내는 철벽.
그래도 생길 것이다.

당신이 김태희라면.

가는 남자 안 막고
오는 남자 막는다.

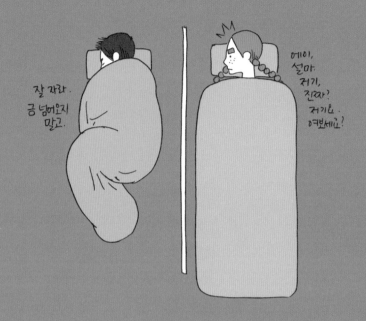

짐승만도 못한 놈

남자는 다 짐승이라는데
넌 아니구나.

오빠가. 너는 꼭.
지켜주고 싶어.
진짜. 완전.
철저하게.

호국보훈의 오빠

국방부 장관님.
우리나라 안보 문제를 해결할
딱 좋은 인재가 여기 있어요.
캐스팅해주세요.

이왕이면 대한민국 최전방으로.

오빠 되게 단호하네

저기.
오빠랑 나랑
무슨 사이야?

그냥친구
엄청친구
완전친구

고딕체 ₹

말하지마.

난생 처음 받은 꽃

...이 부케라니. 빡쳐!!!

꽃

꽃 같은 건 받아봐야 먹을 수도 없고
어떻게 처리해야 할지 몰라 골치다.
그래서 누군가 꽃을 선물하려 하면
(물론 그런 경우도 거의 없었지만)
한사코 거절을 해왔다.

그러다 보니, 내가 처음 받은 꽃은
친구의 결혼식 부케.

꽃을 받는 건 기분 좋은 일이지만
부케를 받으면 기분이 좀 묘하다.

분명히 꽃을 받았는데
어쩐지 초라한 기분.

열 번 찍어
안 넘어가는
나무 없지만
열 번 찍어주는
남자가 없다.

야! 어디가?
남자가
도끼를 뽑았으면
열 번은 찍어야지!

그냥
찍어본거임.

나무꾼

도대체가
열 번 찍어줄 생각을
안 하는 것 같으니

그의 도끼를
금도끼로 튜닝해줘야 할 타이밍.

난 참 좋은여자라
내 엑스남친은
한층 성숙한 사람이
되어나갔지.

나 이렇게…
다른 년 좋은 일 하고 있어.

다른 년 좋은 일

그의 청청패션을 참을 수 없어
온몸에 패션센스를 입힌다.

눈치 없는 대답으로 화를 부르는 그에게
눈치 매뉴얼을 입력한다.

못생김을 박피하고
잘생김을 덧칠한다.

그래 봐야 부질없었거늘. 어차피 헤어질 운명.
그 혜택은 고스란히 다음 여친에게로.

언젠가 먼 훗날
그의 마지막 여자에게서 편지라도
한 통 받는다면 보람은 있겠다.

"좋은 남자 만들어주셔서 감사합니다."

담백한 여자 말고
MSG같은 여자가
되고싶어.

네 인생의 MSG

내가 네 인생 더 맛있게 만들어주고 싶어.
밍밍한 일상의 칼칼한 자극제가 되어주고 싶어.
힘들 때일수록 확 땡기는 맛이고 싶어.

나 너한테 그렇게
없으면 생각나는 사람이고 싶어.

연결고리

안 생겨서 안 꾸미고
안 꾸며서 안 생기고
안 생겨서 안 꾸미고
안 꾸며서 안 생기고
안 생겨서 안 꾸미고
안 꾸며서 안 생기고
안 생겨서 안 꾸미고
안 꾸며서 안 생기고
안 생겨서 안 꾸미고
안 꾸며서 안 생기고
안 생겨서 안 꾸미고
안 꾸며서 안 생기고
안 생겨서 안 꾸미고
안 꾸며서 안 생기고
안 생겨서 안 꾸미고
안 꾸며서 안 생기고

연애고자의
연결고리

꺼진 불도 다시 보자
평범남도 다시 보자

지금은 별로지만 잘 키우면 될성부른 놈.
옷과 헤어스타일만 바꾸면 훈남이 될 놈.
지루해 보이지만 결혼하면 가정적일 놈.

남자를 제대로 만나본 적이 없으니
제대로 된 남자를 알아볼 리 만무하고,
내가 놓친 남자는 늘 대어가 되어 나타난다.

그때 알아보고 잘 키울걸…
네 마음은 진작에 꺼져 버렸는데
이제 와서 불타는 내 마음은 어찌할꼬.

누구?

그땐 몰랐어.
네가 북권이 있을 줄은.

141

남들은 서로
밀고 당기고 하는데.
날 당겨주는 건
중력뿐이구나.

만유인력의 법칙

내가 뉴턴보다 먼저 태어났으면
내가 먼저 발견했을 텐데.
만유인력의 법칙.

내 가슴이 바닥에 닿기 전엔
생겨야 할 텐데.

남자친구.

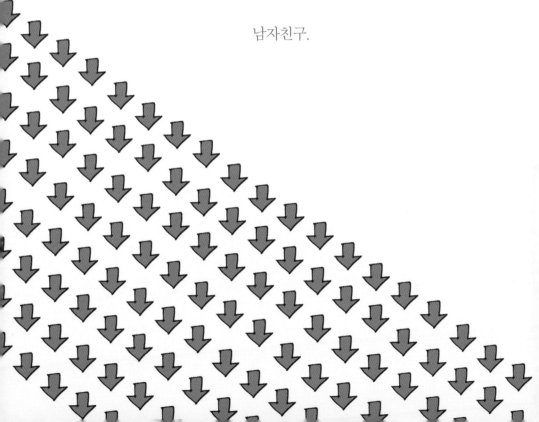

뒷담화

어느 학교 어느 과에나 껄떡남은 존재했다.
여자 학우들이 모인 자리에선

걔가 또 그러더라.
너한테도 그랬니.
걔 나한테도 그랬다.
정말 별로다.
도대체 왜 그런다니.
상종을 말자.

뭐 이런 욕을 빙자한 자랑들이 오갔다.

나는 그런 상황에선 듣기만 하고 입은 닫았다.
그 모양새가 어쩐지 좀 웃기기도 하고
나는 평소 말도 많지 않은 편이었다.

그래서 그랬다. 정말이다.

학교 다닐 때
이 여자 저 여자
다 건드리는
놈팽이가 하나 있어서
다소 불쾌했다.

난 안 건드렸거든.

연애의 끝은 어차피
헤어지거나 결혼하거나
결국 망하는 것 뿐이다!

내가 그래서
연애를 안 해.

연애의 끝

우리가 연애에 울고불고할 필요가 없다는 증거,
여기에 있다.

두 남녀가 사랑에 빠졌다고 가정해보자.
사랑엔 유통기한이 있는 법.
2년 이상 지나면 사랑이 식고
헤어지는 경우가 태반이다.
이별 후의 슬픔이나 허무함만 남는다.

그 위기를 잘 넘겨 결혼까지 갔다고 치자.
그들을 기다리는 건 연애 시절의 낭만이 아니라
육아전쟁, 고부갈등, 부부싸움 등이 있겠다.
결혼한 선배들의 '결혼은 무덤'이란 충고를
허투루 들으면 안 되는 것이다.

그러니 우리는 연애에 매달리며
에너지 소모할 필요가 전혀 없다.

여기까지. 나의 자격지심.

내 남자친구를 소개합니다

추억 거지

예전에 교생실습을 나갔을 때,
내가 제일 두려웠던 건
말 안 듣는 아이들도, 수업평가도 아니었다.
학생들이 첫사랑 이야기 해달라고 할까 봐
그것이 가장 두려웠다.

불길한 예감은 빗겨가는 법이 없다.
당시의 나는 주머니 탈탈 털어봐야 나올 것 없던 추억 거지.
소설가가 될 것인가 솔직해질 것인가 고민하다가
그냥 권위적인 선생님이 되기로 결심했다.

이 새퀴들이, 수업시간에!
어디서 감히 선생님한테! 공부나 해!

미안한데 정말이지 내가 진짜
그쪽에 관해선 말해줄 게 없었어.

그렇게 열심히
공부한 시간에
차라리 열심히
연애나 할 것을.

솔로의 즐거움 (feat. 눈물)

데이트 비용 안 들지롱~ ♪
화장품 값 안 들지롱~ ♪
예쁜 옷 살 필요 없지롱~ ♪
주말에 마음 편히 쉬지롱~ ♪
휴대폰 기본요금 충분하지롱~ ♪
바람 필까 봐 걱정 안 하지롱~ ♪
이별에 슬퍼할 일 없지롱~ ♪

그는 널 버릴지라도
우린 널 버리지 않아.

함께 노래하자. 솔로의 즐거움.
어서 와. 솔로가 처음은 아니지?

잘웃는 여자가 좋다길래
열심히 웃어줬는데.
연락이 없다.

잘 웃는 여자

잘 웃는 여자가 좋다고?
예쁜 여자가 웃으면 좋은 거겠지.

평범인들은 저런 말에 속지 말고
빨리 나만의 다른 무기를 갖추어야 한다.
30년 넘게 갈고 닦은 나의 무기는

아직 못 찾았다.

소개팅인가 미팅인가

처음 보는 남자와의 어색한 공기도 못 참겠지만
더 참을 수 없는 건 소개팅 풍경.

손님을 더 받으려 다닥다닥 붙여놓은
이탈리안 레스토랑의 2인용 테이블에
마치 대한민국 헌법 1조 1항에 명시해놓은 것처럼
모든 남녀가 여자는 안쪽에, 남자는 바깥쪽에 앉아있다.

누가 보면 무슨 단체미팅이라도 하는 꼴이라
창피해서 몸 둘 바를 모르겠다.
내가 다시는 소개팅 같은 것 하나 봐라!
다짐하지만 기회만 있으면 또 나간다.

소개팅은 미혼 남녀가 죄책감을 덜기에
더없이 좋은 수단이다.
나 이 정도의 노력은 하고 있음.

오늘의 사랑도
내일로
미루기로 해.

연애는 2순위

하지도 않을 공부를 핑계로
학창 시절에만 할 수 있는 풋풋한 연애를
대학진학 후로 미뤘다.

스펙 쌓기와 학점관리를 핑계로
한창 뜨겁게 불타오를 20대의 연애를
취업 후로 미뤘다.

별 성과도 없는 일들을 핑계로
결혼 적령기의 연애를
매번 프로젝트 끝난 후로 미뤘다.

그렇게 나에게 연애는 늘 2순위였고,
습관처럼 미루고 미루다가
결국 모든 시기의 연애를 놓쳐버렸다.

이제는 정말로 미루는 걸 미뤄야 할 때.
피곤하다. 내일 일어나서 열심히 해야지.

사람은 떠나고, 취향만 남는다

연애에 있어서만은 조선시대st인 내가
유일하게 문호대개방을 하는 분야가 음악이다.

관심이 가는 사람이 생기면
그 사람의 음악 취향이 궁금해지고,
내가 즐겨 듣는 음악들 사이로 그 사람의 음악이 파고든다.
관심 없던 분야의 음악이 내 취향이 된다는 건
경이로운 기록임에 틀림없다.

그 사람과 멀어져도 취향은 그대로 남아
생각지도 못한 타이밍에 플레이된다.
그리고 음악을 함께 듣던 그때 그 사람,
그 시간과 장소를 내 곁으로 소환해준다.

죽고 싶을 정도의 흑역사가 생각날 때도 있지만
대부분은 그저 입가에 미소가 걸리는 소소한 일들이 더 많아 다행이다.
내가 듣는 모든 음악이 나를 스쳐간 모든 인연들의 흔적.

음악의 힘은 실로 대단하다.
현존하는 타임머신이다.

네 생각나서
듣는게 아니라
듣다보니
네 생각이 나네…

161

5

나 혼자 산다

왜 결혼 안 하냐니요?
난 그냥
살던 대로 살 뿐인데.
결혼하는 사람들한테
물어보셔야죠.
왜 결혼하냐고.

결혼의 이유

참 이상해.
결혼하지 않은 사람에게
"넌 왜 결혼 안 하니?"라곤 쉽게 물어보면서

결혼하는 사람에게
"넌 왜 결혼하니?"라곤 안 물어보더라.

결혼을 안 하는 데에
딱히 이유가 있는 건 아니다.
그냥 어제처럼 오늘을 살 뿐이니까.
하지만 결혼이라는 삶의 변화를 선택한다면
분명 이유가 있지 않겠어?

사랑이든, 취집이든, 속도위반이든.

고독사 예방법

기계도 오래 쓰면 고장 나는데, 사람이라고 고장이 안 날까.
나도 사람이라 일 년에 한두 번은 온몸이 들쑤시고 열이 오르는 날이 있다.
그날의 몸살은 낌새도 없이 찾아와
나는 그만 정신줄을 놓고 잠에서 깨지 못했다.

갑자기 문을 쾅쾅 두드리는 소리에 번뜩 정신이 들었다.
"대리님! 대리님! 살아있어요? 문 좀 열어봐요!"
벌떡 일어나 문을 열었더니, 회사 동료 두 명이 서있었다.
회사는 안 오고 전화도 안 받고 무슨 일 생겼나 걱정되어 집으로 왔다고.

그 상태로 회사로 급소환되었지만 너무 고마워서 울컥 울컥 울컥…
회사 동료들이 아니었으면 나는 이대로 죽어 한 달 후에 발견되었을 수도.

처음으로 회사를 아주 열심히 오래 다녀야겠다고 생각했다.
고독사 예방 차원에서.

콰콰콰

다링, 괜찮아요?
어디 아파요?
회사 나오실 거죠?
오늘 회의 안 잊었죠?

몸이 너무 아팠던 날,
회사에 다니는 동안은
고독사할 일은 없어
너무 다행이라고
생각했습니다.

난자의 꿈

남자의 정자는 계속 생산되지만
여자의 난자는 태어날 때부터 그 개수가 정해져 있다지.

성과를 이루지 못하고 흘려보낸 세월이 20년.
240개의 난자들이 생업을 달성하지 못하고 사라졌다.
이미 버려진 숫자가 앞으로 남은 숫자보다 더 많을지도 모른다.

이쯤에서
그들의 안녕을 묻지 않을 수 없다.

요즘 어때? 잘 지내니?
아직 충분히 남아있는 거지?

나의 년자는
몇개나남았을까.
이번 생에
부화할 순 있는 걸까.

수혈

일은 일대로 안 풀리고
욕은 욕대로 먹고
억울하긴 엄청 억울하고
변명하자니 짜친 것 같고
세상에 홀로 남겨진 것 같이 외로운데
집에 가봤자 괜찮다고 안아줄 사람도 없을 때.

살면서 가장 외롭다고 느끼는 날
술도 못 마시면서 소주를 한 병 산다.

본 건 있어서 일단 병나발을 불어보지만
한 모금 넘기자마자 역한 기운이 올라온다.

스스로를 세뇌한다.
이건 술이 아니다. 수혈이다.

인생의 쓴 맛을 나에게 주입한다.
오늘의 이 쓴 맛을 잊지 말자.
내 다 대갚음해주리.

한많은
이세상~
야속한
님아~

사느냐죽느냐.
그것이
문제로다.

이 집에 미친년 살아요

어렸을 때 집 근처 논두렁에 정체불명의 콘크리트 건물이 있었다.
사람이 사는 것 같기도 하고 아닌 것 같기도 하고 늘 미스터리였다.
동네 또래들 사이에서는 저 집에 미친년이 살아서
가끔씩 뛰쳐나와 아이들을 잡아간다는 소문이 돌았다.
나는 무서워서 그 건물 근처엔 발도 디디지 않았다.

하염없이 노랫소리가 흘러나오다가
돌연 웃는 소리가, 곧이어 우는 소리가.
바로 이어 쿵쿵 뛰는 소리가 새어 나오는 우리 집.

누가 지금 우리 집을 보면
저 집에 미친년 산다고 할까.

172

춤이면 춤.
노래면 노래.
연기면 연기.
1인 기획사 차릴 기세.

결혼하고 싶은 여자

연애하고 싶은 여자

같이 놀고 싶은 여자
다른 남자한테도 인기 많은 여자
미모 관리 열심인 여자
맛있는 것 사주고 싶은 여자
비싼 선물이 아깝지 않은 여자
빈틈을 채워주고 싶은 여자

V

나의 불우한 연애를 상담해주던 누군가가 이런 말을 했었다.
너는 연애하고 싶은 여자라기보단 결혼하고 싶은 여자라고.
그런데 그 말이 기분 좋게만 들리지 않는 건 내가 비뚤어진 탓일까.

결혼하고 싶은 여자

같이 역경을 헤쳐 나갈 여자
다른 남자에게 관심 없는 여자
내 아이 열심히 키워줄 여자
맛있는 것 해주는 여자
과소비 안하는 여자
내 빈틈을 채워주는 여자

S

연애 못하는 것도 서러운데 결혼하고 싶은 여자라니!
아, 억울하다. 억울해. 아무리 좋게 생각하려고 해도
역시 난 연애하고 싶은 여자가 되고 싶다.

곰팡이 꽃이 피었습니다

너무 무섭다.
지금 나에게 이것은
호환 마마보다 무서운 존재.

바빠서 신경 쓰지 못한 사이
열흘 이상 상 위에서 웅크리고 앉아있는 저 냄비.
저기에 뭔가 끓여 먹은 기억은 있는데 씻은 기억은 없다.

이 냄비, 다시 쓸 순 있을까.
괴물이 튀어나오면 어떡하지.
마스크와 고무장갑을 장착하고
두려움에 오들오들 떨었던 오픈식.

혹시나 했는데 역시나
곰팡이 꽃이 피었습니다.
곱게. 아주 곱게. 많이. 아주 많이.

그대로 다시 덮는다.

반나절 정도 어떻게 처리할지 고민했지만
뾰족한 방법이 없어서
긴 호흡 들이쉬고 확 열고 확 닦고 수세미는 버렸다.

심장이 아직도 두근거린다.
해냈어. 내가 해냈어. 역시 난 최고야.

딩동~ 미안함 왔습니다

혼자 살면 미안할 사람이 없을 줄 알았다.

엄마에게 빨래를 맡기지 않고
아빠에게 용돈을 타 쓰지 않고
언니와 가방을 두고 싸우지 않고
남동생에게 화장실에서 나오라고 지랄하지 않아도 된다.

그런데 정말 미안한 사람은 생각지도 못한 곳에서 생겨버렸다.
바로 택배 아저씨.
혼자 사는 연약한(!) 여자이다 보니
생수같이 무거운 물건들은 웬만하면 배송주문.
3만 원 이상 무료배송이다 보니
물 이외에 이것저것 필요한 생필품과 음식들을 합배송한다.

우리 집은 엘리베이터가 없는 5층.
택배 아저씨의 원망 어린 눈망울을 마주할 자신이 없어
내가 없는 시간을 지정해 예약배송하거나 집에 있어도 없는 척한다.

이 자리를 빌려… 죄송합니다.

주말에도 쉬지 못하는 이유

숨도 쉬어야 하고

밥도 먹어야 하고

잠도 자야 하고

코도 풀어야 하고

간식도 먹어야 하고

물도 마셔야 하고

만화책도 봐야 하고

누워도 있어야 하고

TV도 봐야 하고

화장실도 가야 하고…

아, 오늘도
할 일이 너무 많다.
벌써 지친다. 지쳐….

초겨울 밤.
초라한 자취방 1획을 수놓은
화려한 호러물.

이 집이 맛집

이제 겨울인데
아직도 살아있었어?
어휴, 너희들도 살아 보겠다고…
안쓰럽다… 미안하다….

근데, 나 혹시…
너희 블로그에 올라온
맛집이었니?

요즘 전세
없는것 알지?
3천 만 올릴게.

오! 나의 주인님

집주인과 통화할 때 그 호칭은 참 애매하다.
그분이야 나를 "○○ 씨"라고 부르면 되지만
내가 어르신을 "△△ 씨"라고 불렀다간
버르장머리 없는 젊은이가 될 것이고
임대인님 이라고 부르는 것도 좀 이상해서
내가 그분을 부르는 일이 없도록
애매하게 대화를 끌어간다.

그러던 어느 날, 재계약 문제로 집주인과 통화한 후
전화를 끊으려던 찰나, 갑자기 생각난 화장실 수리 문제!
나는 그 분을 다급하게 불렀다.

"아, 잠깐만요. 주인님! 주인님!"

주인님… 주인님… 주인님…
주인님 맞긴 맞지… 집주인…
아아… 이 노예근성이란….

흐어엉~

혼자있고 싶은데….
혼자있기 싫어요….

무한반복

▶ 혼자 있으면 사람들을 만나고 싶다.

■ 사람들을 만나면 혼자 있고 싶다.

▶ 혼자 있으면 사람들을 만나고 싶다.

■ 사람들을 만나면 혼자 있고 싶다.

▶ 혼자 있으면 사람들을 만나고 싶다.

■ 사람들을 만나면 혼자 있고 싶다.

▶ 혼자 있으면 사람들을 만나고 싶다.

■ 사람들을 만나면 혼자 있고 싶다.

얄딱구리한 마음을
재생, 정지, 재생, 정지, 재생, 정지….

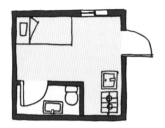

원룸에서

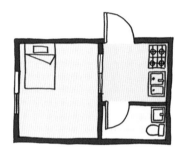

분리형 원룸까지
7년이 걸렸다

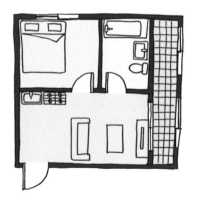

이제 목표는
원룸 원거실

184

언젠간 살고 말 거야

내 취미는 방 구경하기.
잠들기 전 원룸 시세를 파악하고
언젠가 이사갈 집을 상상하는 일이 즐겁다.

내가 처음 살았던 원룸은
학교 앞 월 20만 원짜리 월세방.

취직 후엔 회사 근처로 이사를 했다.
번화가인 탓에 집은 훨씬 작아졌다.

2년 후에 다른 집으로 이사를 했다.
침대와 싱크대 사이에 미닫이문이 생겼다.
이 문이 생겼을 때 어찌나 기뻤던지.
말로만 듣던 분리형 원룸 아닌가!
이것은 나에게 있어 그야말로 부의 상징.

사람은 만족을 모른다.
이제 나의 꿈은 원룸 원거실.
언젠간 살고 말 거야.

문짝 하나달기
되게 힘드네.

싱글로드

혼자 사는 현재의 즐거움만큼
혼자가 될 미래의 외로움이 걱정이다.

신문물을 배우기 버거울 것이며
그것을 자상하게 알려줄 자식이 없을 것이다.
지금도 많지 않은 친구가 그때는 더 줄어서
자발적 혼자만의 시간은 타의적 혼자만의 시간이 될 것이다.
나이 든 서러움과 혼자라는 외로움이 시너지를 이룰 것이고
마침내 뉴스에서는 내 죽음을 대서특필할지 모른다.

"서울 00동 독거노인 00 씨(87) 자택에서 숨진 채 발견.
고독사 추정. 부검 결과 몸에서 사리 나와…."

혼자 사는 인구가 많아진다는 건 그래서 위안이 된다.
쓸쓸한 노년을 함께 다독일 친구가 있다는 거니까.
못된 말이지만 내 친구들도 함께 싱글로 늙어갔으면 좋겠다.
미안한 말이지만 '갔다 온' 사람들의 소식도 반갑다.
잘 돌아왔어. 가보니 별 것 없지?

친구들아, 우리 함께 걸어가자. 멀고 먼 싱글로드.
가는 길에 돈은 좀 필요해. 저 끝에 실버타운 있거든.

친구야.
너와 함께라면
끝까지 갈 수 있어.
멀고 험한 싱글로드.

187

외로워도 괜찮아

혼자 사는 건 외롭다.

그래도 위안이 되는 건…

결혼한 사람들도 외롭단다.

189

6

사람과 사람
사이

착하다는 말의 맹점

"소개팅할래?"
"예뻐?"
"착해."

"착한 네가 양보하렴."

"이 아이디어는 너무 착하네요."

자, 이제… 굳이 설명하지 않아도
착하다는 말의 다른 뜻을 파악하셨으리라.

나는, 착하지 않다.

나보고
착하다고
말하지 마!
만만하다는 것
같으니까!

조심해.
파프린이
너한테
튈 수도 있어.

FRAGILE
Handle with Care

§ 파손주의 §
유리멘탈입니다.
살살 다뤄주세요.

파손주의

솔직히
가슴에 손을 얹고
"나는 유리멘탈 아니다!"
자신하는 사람만

나에게 돌을 던져라.

남녀관계에 **COOL?**
웃기고 앉아있네.
그냥 너한테
관심 없단 거예요.

나갖긴 싫고
남 주기도 싫은
뭐 그런 거 있잖아.

쿨한 관계 관심 없음

언제부터였던가.
남녀 관계에 '쿨'이란 말이
공격적으로 쓰이기 시작한 후부터
나의 모든 행동이 쿨하거나 쿨하지 못하거나
두 가지로 나뉘는 것 같아 움츠러든다.

그런데 남녀 사이에 쿨한 관계가 정말
가능하기는 한 걸까?
그거 별로 관심 없어야 가능한 것 아닌가?

나에겐 차라리 질척거리는 관계가 나은 것 같다.
최소한 감정이 남아있다는 증거니까.
쿨한 관계? 에라이, 내가 관심 없다.

참고로, 쿨하다는 단어를 입에 담는 사람치고
정말 쿨한 사람은 보지 못했다.

진심을 다한다고 해서
진심이 전해지는 건
아니더라고요.
진심을 쓰려거든
머리를 쓰세요.

전략적 진심

진심은 어떻게든 전해진다지만
사실은 그렇지 않다는 불편한 진실.

진심이 무엇이냐 보다
어떻게 전하는지가 더 중요하다는 사실.

어떻게 전하느냐에 따라 사랑이
낭만이 될 수도, 스토킹이 될 수도 있는 것처럼.

잘 쓰지 못했나봐.
갈필이 됐잖어...

누가, 언제, 어디서, 무엇을, 어떻게, 왜.
진심일수록 전략이 필요하다.

이제 그만 잊어줄래?

일요일 영화 예매하고 토요일에 가서 내 자리라 우겼던 일
코트 입고 회사 갔는데 그 안에 치마를 안 입고 갔던 일
중2 때 소풍 가서 지누션의 〈말해줘〉에 맞춰 춤췄던 일
초등학교 5학년 때 운동화 짝짝이로 신고 학교 간 일
빙판길에 미끄러져 브레이크 댄스를 추며 착지한 일
고등학교 졸업 사진 찍을 때 머리에 꽃 꽂았던 일
나를 야단치는 직장 상사 앞에서 엉엉 울었던 일
길에서 처음 본 사람에게 아줌마 소리 들었던 일
옛 썸남 SNS에 실수로 좋아요 누르고 도망간 일
회전문에 팔 끼어서 회전문 멈추게 한 일
힐 신고 걸어가다 발목 꺾여 엎어진 일
공중 사우나에서 발가벗고 기절한 일

인간은 망각의 동물이라며.
왜 정작 잊고 싶은 건
잊을 수 없는 건데….

뭐? 내 월급이 아깝다고?
지는 월급도둑 주제에

뭐? 내가 못생겨서 싫다고?
거울이나 봐, 새끼야.

뭐? 나 때문이라고?
잘되면 네 덕, 안 되면 내 탓이냐?

오늘의 상처

그러지 않겠노라
다짐해보아도
'오늘의 상처'를
되새김질하는 매일 밤.

나는 한 마리 소인가 하노라.

관심법

누군가에게 관심이 생기면
보통 사람에게도 초능력이 생긴다.

보이지 않던 것들이 눈에 보이고
들리지 않던 것들이 귀에 들리고
신이 내려오시되 예지력이 올라간다.

우리는 이것을,
관심법이라고 부른다.

관심이 많으면
다 보인다.
너의 일거수일투족.

보아하니
클럽에서
부비적부비적
대고 있구나.
네이놈.

203

헛살지 않았어

일도 인간관계도 마음처럼 풀리지 않던 시기.
한 친구가 어깨에 힘이 쭉 빠진 나를 집으로 초대했다.
"힘내"라는 말 대신 맛있는 요리들을 손수 만들어 내왔다.

누가 보면 참 우습게도,
나는 엉엉 울면서 그 음식들을 주섬주섬 다 비워냈다.
부른 배를 통통 두드리며 내 집처럼 늘어져 자다가
늦은 저녁, 그 집을 나섰다.

한동안 일을 쉬기로 결심했다.
하고 싶은 일이 없었고, 있어도 하지 않았다.
엄청난 무기력감과 함께
그저 누워서 눈만 깜박이는 게 일과였다.

그런 나를 친구가 자극했다.
"야이씨, 글이라도 쓰고 그림이라도 그리던가."

어쩐지 무안해져 슬그머니 일어나 연필을 잡았다.
빨강머리N은 그렇게 탄생했다.

아아. 이런 친구가 한 명이라도 있다니.
나 그래도 헛살진 않은 것 같아서
너무 너무 너무 너무 다행이야.

너네 집에 오니 좋다.
먹여주고. 재워주고.
나도 이 개들처럼
키워볼래?

아니.
그건 안 돼.

안전거리

인간이란 원래
사람과 사람 사이에

적정거리를 유지하란 뜻
아니었을까?

안전거리 확보필수
방심하면 삐뽀삐뽀.

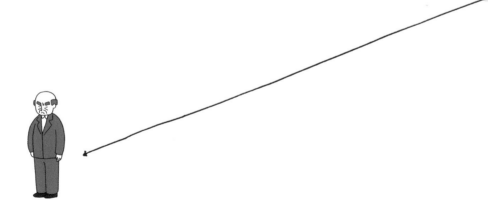

人 間
사람인 사이간

때린 놈 맞은 놈

속담에선
맞은 놈은 발 뻗고 자도, 때린 놈은 발 뻗고 못 잔다더니
현실에선
때린 놈은 발 뻗고 자고, 맞은 놈이 발 뻗고 못 잔다.

양심이 있는 놈이라면
애초에 때리지도 않았을 것이다.

누가 나
귀신 쫓는 부적 말고
나쁜 놈 쫓는 부적 좀.

태어나면
울지 말라 달래고

좀 더 크면
울면 안 돼 노래 부르고

그보다 더 크면
울면 지는 거라 그리고

아프고 슬프면 우는 게 당연한 건데.
평생 울지 말라 학습되어 더 울분이 터지는 듯.

사회적 약자

동물의 세계를 보라.
약해 보이는 동물이
가장 먼저 공격당하고 잡아먹힌다.

잘 운다는 건 약해 보인다는 것이고,
그래서 사회생활에선 약점이다.

걸핏하면 우는 나는 사회적 약자.
구차하지만 억울함을 주장해본다.
우는 게 뭐 어때서? 울 수도 있지.

생각해보면,
우리는 늘 웃음은 권장하면서 울음은 금기시한다.
웃음도 울음도 모두 감정인데
우는 감정은 왜 차별받아야 하는 걸까.

우는 감정에 대한 존중이 필요하다.
애써 속을 감추고 미소 짓는 친구에게 한마디 해주자.
야이씨, 괜찮아. 울고 싶으면 울어. 그냥 막 울어.

내가 좋아하는 사람

말이 잘 통하는 사람이 아니라
말하지 않아도 되는 사람.

눈빛만 보아도 아는 사람이 아니라
눈빛을 안 봐도 아는 사람.

마주 보고 앉는 사람이 아니라
같은 곳을 바라보는 사람.

아무튼 간에 결과적으로
피곤하지 않은 사람.

그들과 아주 오랫동안 함께 할 수 있기를.
이왕이면 그들이 나보다 오래 살아주기를.

말하지 않아도 알아요~
눈빛도 안 봐도 알아~

위 아래 위 위 아래

한 번은 술자리에서
늘 자기보다 잘사는 사람과 비교하며
과욕을 부리는 사람에 대한 이야기가 나왔는데, 누군가 이런 말을 했다.
"위만 보면 어떡해. 밑을 봐야지."

잠자코 있었지만
집에 돌아와서도 생각날 정도로 나는 그 말이 불편했다.

누군가와 비교당하는 건 분명 기분 나쁜 일이다.
엄마 친구 아들과 비교 당할 때마다
"난 나예요! 남들과 비교하지 말라구요!"
학창 시절 우리는 부모님께 외쳐대지 않았던가.

그런데, 나보다 잘난 사람과 비교하는 건 기분 나쁘고
못난 사람과 비교하는 건 만족감을 준단 말인가?

그렇게까지 해서 행복을 발견한다면
그거야말로 좀 치사하지 않나?

난 미안해서 그렇게는 못하겠는데?

위랑 비교하는 것보다
아래랑 비교하는 게
더 치사해.

사과 핑퐁

공격   누군가 내게 잘못을 한다.

방어   내가 그 잘못을 추궁한다.

공격   나에게 건성으로 미안하다고 말한다.

방어   진심없는 사과에 더 허무해질 뿐
        나는 괜찮지 않다.

공격   면죄부가 생겼다.
        "나는 사과했는데 쟤가 안 받아줌. 어쩌라고?"

방어   두 가지 수비 중 하나를 선택해야 한다.
        배포 있게 용서하는 대인배가 될 것이냐.
        아니면 속 좁은 소인배가 될 것이냐.

참패! 나는 소인배가 됨으로써 두 배로 내상을 입는다.
내가 잘못한 것도 아닌데 어째서….

그럴 거면 차라리 사과하지 말아줘.
내가 마음 편히 계속 미워할 수 있도록.

관계의 시작

노력하지 않아도 주변에 친구들이 있던 학창 시절과 달리
대학교에서 친구 만들기는 생각보다 어려웠다.
사람들과 어울리는 것을 좋아하는 성격도
누군가에게 먼저 다가가는 성격도 아니었지만
소위 말하는 '루저'로 보일까 봐 잘 안 맞는 친구들과도 어울려보고
모든 술자리에, 모든 학교 행사에 참여하려 노력도 해봤다.

하지만 그 시간이 나에겐 고통에 가까웠고
결국 나의 못남을 인정하기로 했다.
"나는 사교적인 사람이 아니다."

나를 인정하고 나니 삶이 훨씬 만족스러워졌다.
술 마시러 나오라는 전화에
"노! 혼자 있고 싶음"이라고 말할 수 있게 되었고
방바닥에 배 깔고 드러누워 혼자 책을 읽는 것이 즐거웠다.
영원할 것 같았던 인연들은 졸업 후엔 어차피 뚝뚝 끊길 것들이었고,
어차피 '내 사람들'은 내가 과하게 노력하지 않아도 옆에 남는 법이다.

나는 오늘도 이렇게 방구석에 처박혀 '히키코모리'로 살고 있지만
그럼에도 불구하고 간혹 내게 연락해
나의 생사를 확인해주는 이들이 있다.

그러고 보면, 대인 관계의 시작은
나의 못남을 인정하는 것부터가 아닐까.

괜찮아, 다 그래

아무리 노력해도 남의 시선을 100% 의식하지 않고
살아가는 건 불가능해 보인다.

특히 중요한 인물이나 많은 사람들 앞에서 실수라도 하면
집에 가서 이불킥하며 자책의 늪으로 빠져드는 건 기본이요,
남들이 나를 못난 인간으로 생각할까 봐 괴로워하는 건 옵션이다.

누군가는 괴로울 때 이런 주문을 외운다고 한다.
"괜찮아. 다 잘 될 거야."

나에게도 주문이 있다.
나를 수렁에서 꺼내기 위한 주문.
"괜찮아. 너만 병신인 게 아니란다."

내가 실수를 하듯, 모든 사람들이 실수를 한다.
나처럼 모두가 허우적거리며 살아가는 게 인생이다.
이렇게 생각하면 나의 실수는 물론 남의 실수에도 관대해진다.
말로 표현할 수 없는 연민으로 세상 사람 모두가 하나가 되는 느낌이랄까.

이 주문, 병신 같지만 의외로 효과가 있다.
수렁에서 빠져나오는 건 삽시간이다.

7

가족,
그 사랑과 전쟁

엄마와 딸이
둘다 할머니가
될 때까지.
티격태격.
투닥투닥.

모녀 전쟁
·······················

엄마와 딸은 늘 전쟁이다.
외모가 판박이인 것과는 달리 나와 엄마는 궁합이 안 맞았다.

살가운 언니는 엄마의 수다를 야금야금 잘도 들어주었지만
퉁명스런 나는 엄마의 수다가 시작되면 방으로 들어가 버렸다.

엄마는 아기자기한 소품들을 사다 집을 장식하곤 했는데
나는 그런 걸 왜 돈 주고 사는지 이해하지 못했다.

나는 다른 사람이 내 물건 만지는 걸 극도로 싫어했는데
엄마는 기어코 내 방을 청소해 가정통신문 따위를 버리셨다.

그렇게 투닥투닥거리는 것이 지겨워 독립을 꿈꾸었는데
혼자 나와 살아보니 모녀 사이가 오히려 애틋해진다.
엄마와 나에게 남은 시간이 소중하고, 엄마 품이 늘 그립다.

역시 부모 자식 사이는 원거리 연애가 좋아.

ㅋㅋㅋㅋ
ㅋㅋㅋㅋ
긁적긁적
ㅋㅋㅋ

키우는 것보다
치우는 게
더 힘들 줄은.

자식 치우기

엄마 : **저거 치워주시는 분께 사례금 투척.**

연약한 남자

································

늘 강인한 줄만 알았던 아빠가
몇 년 전, 출근하려 양말을 주섬주섬 신으면서
엄마한테 말씀하셨다고 한다.
"회사 가기 싫어⋯."

그 한마디에 내 가슴은 숨 막히듯 먹먹해져 왔다.
그러고 보면, 나는 고작 몇 년 일하고도 한숨이 나오고
아침에 눈 뜨기가 무서운데
아빠라고 왜 힘들지 않았겠는가.
아빠라고 왜 갖고 싶은 것이 없고
왜 먹고 싶은 것이 없고, 왜 놀고 싶지 않았겠는가.
멋 부리기 좋아하고 패션 감각 뛰어난 핸섬가이라
엄마를 비롯해 숱한 아가씨들을 꼬셨던 아빠였는데.

애를 낳아봐야 엄마 마음을 안다고 한다.
아직 애를 낳아보지 않아 엄마 마음을 헤아릴 순 없지만
일을 해보니 아빠의 마음은 조금 알 것 같다.

아빠는 얼마나 힘들었을까. 얼마나 자존심 상했을까.
그때마다 가족에 대한 책임감으로 누르고 누른 감정들이
아빠 이마의 주름으로 패인 것 같아 가슴이 시리다.

크레파스
....

나는 삼 남매 중 둘째다.
삼 남매 중 둘째는 철이 빨리 든다(사실은 철이 빨리 든 척 하는 것이다).

갖고 싶은 것이 있어도 갖고 싶다고 말하지 않는다.
내 것이 온전히 내 것이 아님을 안다.

할아버지 댁에 가면 손자 손녀 사진들을 죄다 걸어놓았는데
그중에 내 사진은 없다. 언니는 첫째라, 남동생은 아들이라 걸어놓았겠지.

한 번은 엄마가 내 생일이라고 큰 선물이 올 테니 기대하라고 하셨다.
들뜬 마음으로 기다렸는데 집으로 배달 온 선물은 거실용 TV였다.
그냥 TV를 바꾸고 싶다고 하셨으면 더 좋았을걸.

왜 나만 백일사진이 없는지도 궁금하지만 부모님께 캐묻진 않았다.
답은 뭐, 알 것 같으니까.

나는 한 번도 새 크레파스를 써본 적이 없다.
몽당파스가 되거나 몇 가지 색이 유실된 것만을 물려받았기 때문이다.

얼마 전, 마트에서 크레파스를 샀다.
필요도 없는 그것을 왜 샀는지, 또 그것을 왜 쓰지 못하는지 모르겠지만
아무튼 나는 그것을 새 것 그대로 보관하고 있다.

혹시 엄마 아빠가 이 글을 보시면
나한테 좀 미안해하시라고 기록해둔다.

엄빠의
심장저격.

늘 자식들에게
닭다리를 양보하는
엄마를 위해
우리도 거짓말을 해보자.

"엄마, 나 다이어트 중이라
닭가슴살만 먹어."

그대에게
쏜다.
두 닭다리.

어머니는 닭다리가 싫다고 하셨어

god의 어머님이 짜장면을 싫어하셨다면,
나의 어머님은 닭다리를 싫어하셨다.

치킨을 먹을 때도, 닭볶음탕을 먹을 때도
자식들 먹으라고 닭다리는 한사코 고사하셨다.

삼 남매가 모두 장성하고 나니 서로 살기 바빠서
온 식구가 한자리에 앉아 도란도란 치킨을 뜯는 건
매우 드문 일이 되었다.

엄마와 단 둘이 집을 지키던 어느 날,
급작스레 내 안의 치느님이 강림하시어 주문한 치킨.
그런데 그날 따라 성큼 닭다리 하나를 집어 드시던 엄마.

"오~ 오늘은 웬일?"
"그럼 엄마는 뭐! 닭다리 못 먹는 줄 알았냐?"

휴… 울컥해서 치킨 다 못 먹을 뻔.

부모라는 부담

나는 이 땅의 부모님들이
더 이상 자식만을 바라보고 살지 않으셨으면 좋겠다.
자식을 위해 본인들의 삶을 희생하지 않고
그저 당신들의 인생을 사셨으면 좋겠다.

자식들 행복이
부모님 행복입니다 ♥

235

우리 집은 자랑할 사업도 재산도 없어서
부모님의 자랑이라곤 자식들뿐이었다.

자식 입장에선 참 뿌듯한 일이지만서도
동시에 부담스러워 피하고 싶은 일이기도 하다.

부모님을 실망시키지 않기 위해
좋은 대학을 가야 할 것 같았고
좋은 직장을 얻어야 할 것 같았고
부모님의 희생에 보답하기 위해
반드시 반듯하게 자라야만 했다.

무엇보다도 친구분들 모인 자리에서
엄마 아빠의 자존심을 세워드리고 싶었다.
그 스트레스는 그림자처럼 내 뒤를 따라다닌다.

차라리 부모님이 나만 바라보고 살지 않으셨다면.
그랬더라면 내 마음의 짐은 좀 덜지 않았을까.
부모님을 파먹고 자란 자식의 마음속에
못된 마음이 꿈틀대다 사라진다.

배은망덕하기 짝이 없다.
하여간 자식농사란 지어봐야 헛수고다.

부모님 행복이
자식들 행복입니다 ♥

가족의 이름으로

어릴 때 외식을 가면 엄마는 늘 열심히 구운 고기를
우리 접시에 올려주시고 본인은 잘 드시지 않았다.
그 모습이 마음 아파 엄마에게 나는 고기 안 좋아한다고,
엄마가 고기 먹으라고, 나는 뼈다귀에 붙은 살점이 좋다고 말했다.

그날 이후, 엄마는 늘 당연한 듯 내게는 뼈다귀를 던져주셨다.
하지만 나도 결국 어린아이였고, 즐거워야 할 외식 때마다
그 일이 반복되니 서러움을 참을 수 없었다.
나는 뼈다귀 뜯는데, 언니랑 동생은 고기 먹고 있잖아!

어느 날, 그 서러움이 폭발한 나는 이승복 어린이처럼 외쳤다.
"내가 개새끼요? 나는 뼈다귀가 싫어요!"

나는 이 사건으로부터
희생도 티를 내야 한다는 교훈을 얻었다.

사랑하는 가족을 위한 내 고귀한 희생은 아깝지 않지만
내 희생을 당연히 여기는 건
아무리 가족이라도 용서하지 않겠다.

내 희생을
당연히 여기는건,
가족이라도
용서하지 않겠다!

239

사랑의 배터리

....

"엄마. 나 회사 다니는 거 너무 힘든데, 그만 두면 안 돼?"

참고 참아온 눈물을 꾹 삼키며 엄마에게 전화를 했다.
엄마는 전화기 너머로
웬만해선 가족들에게 힘든 티 내지 않는 둘째 딸의 눈물을 보았으리라.
엄마라는 사람들은 그런 초능력이 있으니까.

힘내라. 괜찮아. 뭘 그런 걸 갖고 그러니. 시간이 해결해줄 거야.
위로의 말들로 닳고 닳은 내 배터리를 채워 줄 거라 생각했다.

그런데 엄마가 한 말은
"고생했어. 집으로 돌아와."

태연한 척 전화를 끊고
그 자리에서 얼마나 눈물을 쏟았는지 모른다.

나 어릴 때
부모님이 그랬던 것처럼

자식 농사에 인생 후반전을 다 바친 부모님을 위해
언젠가 꼭 내 돈으로 비행기를 태워드리리라 다짐했었다.
마침내 그날이 왔고, 1년 내내 모은 돈을 몽땅 부어 여행길을 떠났다.

내게 여행용 영어는 어려운 것이 아니었으나
부모님에게 그곳의 언어는 외계어와 같았으리라.
혹시라도 이 먼 곳에서 엄마 아빠를 잃어버린다는 건
정말이지 상상조차 하고 싶지 않았다.
그래서 언니는 엄마의 손을, 나는 아빠의 손을 꼬옥 잡았다.

"아빠, 내 손 절대 놓지 마. 잃어버리면 안 되니까."
"어."

생각해보니 거의 20년 만이었을 거다. 아빠의 손을 잡은 건.
내 기억 속의 아빠 손은 슬림하고 매끄러웠는데
오랜만에 잡은 아빠 손은 두툼하고 거칠었다.
내가 어릴 때 아빠가 내 손을 잡고 여기저기 돌아다녔는데
이제는 내가 아빠 손을 잡고 여기저기 돌아다닌다.

낯선 여행지에서
부모님은
어린아이가 되니까.
오랜만에
부모님 손을 잡을
좋은 핑계.

좋은 데 가자고 모셔와 놓고
잠시나마 혼자 놀러 다니고 싶다고 생각했던 내가
맛있는 것 사드린다고 하고
메뉴판 앞에서 열심히 계산기 두드리던 내가
너무 부끄럽고 싫어졌다.

매 순간이 짠하고 마음 아파서
매일 밤 숙소로 돌아오면
언니와 서로 붙잡고 울었던 건 비밀이다.

내 나이 때 엄마는

가끔씩 앞날이 깜깜하고 무섭게 느껴질 때가 있다.
나이는 먹어가는데 결혼할 기미는 보이지 않고
회사에선 죽어라 일해도 내 성과는 인정받기 힘들어 보였다.
그래서 엄마에게 투정 아닌 투정을 부려보았다.

"엄마. 엄마는 내 나이 때 벌써 애가 셋이었네.
애만 줄줄이 딸려 갖고는 안 무서웠어?"

지랄한다며 등짝 스매싱이 날아올 것을 예상했지만,
엄마의 대답은 유주얼 서스펙트 급 반전이었다.

"왜 안 무서웠겠어. 늬들이 어찌나 먹어대던지
쌀이 뚝 떨어질까 봐 얼마나 무서웠는지 몰라…."

아… 내 나이 때 엄마의 걱정에 비하면
지금 내 걱정은 얼마나 사소한가.
엄마는 나보다 몇 배는 더 힘들었겠구나.

할 수만 있다면 젓가락으로 밥상 두드리며
소시지 내놔라 노래 부르던 과거의 나를 데려다
불 방망이로 때려주고 싶었다.

엄마도 나처럼
여리고 겁이 많은
여자였음을

그 때의
엄마 나이가 되어서야
알게 되었다.

최고의 친구

세기의 사기 캐릭터

가족 중에서도 언니는 내게 아주 각별하다.

미취학 아동일 때 내가 한 일은 오직
언니가 학교에서 오기만을 기다리는 거였다.
언니는 집에 돌아와 나와 인형놀이를 해주었다.

나는 부모님께 용돈 달란 소리를 잘 못했는데
언니가 애교를 부리면 아빠 지갑에서 용돈이 숭덩숭덩 나왔다.
언니가 용돈을 받을 때 나는 그 옆에 서서 불로소득을 취했다.

공부에 관심도 없던 내가
언니가 공부하는 걸 보고 책상머리에 앉았다.
엄마 친구 아들이고 뭐고 나는 그냥 언니보다 잘하고 싶었다.

최악의 라이벌

언니와 내가 늘 잘 지낸 건 아니다.

함께 인형놀이를 할 때, 언니의 바비는 신발을 곧잘 잃어버렸고,
언니는 내 바비의 빨간 구두를 벗겨가며 말했다.
"신데렐라 알지? 걔 유리구두 신는 거. 네 구두는 유리구두라 살색이란다."

내가 세상 물정 모르던 시절에 언니는 내게 선심을 많이 썼다.
"자, 봐봐. 내 건 금이고 네 건 은인데, 내가 언니니까 바꿔줄게."
언니의 손엔 십 원짜리가, 내 손엔 오백 원짜리가 있었다.

중학교 땐 함께 공부하러 간 독서실에 불이 났다.
나는 연기 속에서 언니를 찾아 헤맸지만 보이지 않았고,
독서실 주인아저씨에게 등 떠밀려 울먹이며 옥상으로 올라갔다.
언니는 이미 그곳에 있었다. "너 왜 이제 와?"

이 장문의 글은 언니와 나의 추억팔이 같지만
사실은 언니에 대한 고발. 너 고소.

나이를 먹어도
힘이 나보다 세져도
그래도 동생은 동생.

아니
굳이안그래도….

크흑!
내동생
건드리지마!

가슴으로 낳은 자식

어릴 때 우리 반 남자애들은
단지 내 동생이란 이유만으로
남동생을 쫓아다니면서 괴롭혔고,
나는 그 남자애들을 쫓아다니면서 족쳤다.

누나 마음이란
옛날이나 지금이나 그런 것.
내 배 아파 낳지 않아도 내 자식 같은 것.

그러니까 내 동생 건드리지 마.
아니면 뒤질 각오하시든가.

네가 없어지니
가족간의 대화도
없어지더라.
네가 그렇게
중요한 아이였단다.
사랑해. 잘자···

16년 줄리

너 처음 온 날, 난 슈나우저가 좋은데 왜 너냐고 했던 것 미안해.
치킨 먹을 때 짖는다고 방에 가둬놓고 우리끼리 먹은 것 미안해.
닭다리는 내가 먹고 가슴살만 줘서 미안해.
바쁘다고 자주 오지도 않으면서 많이 쓰다듬어주지 않고 가서 미안해.
수컷 한번 못 만나게 해서 미안해.
맛있는 것 달라고 할 때 모른 척해서 미안해.
다른 개들처럼 유기농 간식 안 줘서 미안해.
내 가방 속 초콜릿 뒤진다고 화냈던 것 미안해.
네 눈과 귀가 멀었는데도 내 마음 편하려고
너 잘 적응한다고 합리화했던 것 미안해.
똥 많이 싼다고 똥개라고 해서 미안해.
바닥에 똥칠한다고 치매라고 놀린 것 미안해.
너는 아픈데, 아파 죽겠는데 나는 멀리 있었어서 미안해.
너는 물 한 모금 못 마시는데 나는 밥 먹어서 미안해.
그냥 셀 수 없이 처음부터 끝까지
너한테 다 미안해.

그래도 내가, 우리가
너 많이 사랑하는 거 알지?

고마워. 우리한테 와줘서 고마워.
오래 살아줘서 고마워.
언니가 너무 보고 싶고
정말 너무 너무 사랑해.

엄마랑 놀자

254

도돌이표

언제부터인가
집에 갈 때마다
엄마는 이미 했던 말을
반복 또 반복한다.

혹시 치매인 건 아닌지
심각하게 걱정했는데

가만 보니
나한테 자꾸 말 걸고 싶은 거였어.

불효녀 심청

부모님 앞에선 웃지도 않으면서
회사 동료들 앞에선 방긋.

집에는 고작 일 년에 몇 번 가면서
회사에선 24시간이 모자라.

집에 가면 시체놀이하는 주제에
회사에서 죽으라면 죽는 시늉까지.

그래도 양심은 있어서
불효녀는 웁니다.

회사에 쏟는 정성
반만 쏟아도
효녀 심청 뺨따구
후려칠 텐데…
엄마 아빠, 미안해요…

8

나이를 뭬!!!

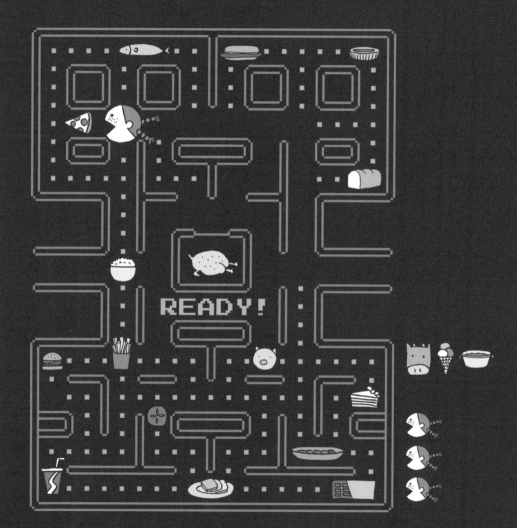

READY!

편식

일평생 편식을 모르고 살아왔건만
이제 와서 편식이 생겼다.

삼겹살, 항정살, 양념 갈비, 프라이드 치킨, 쌀밥, 보리밥,
탕수육, 문어숙회, 포테이토 피자, 핫도그, 컵라면, 삼각김밥,
조개구이, 칼국수, 쌀국수, 비빔국수, 아이스크림, 푸딩, 오렌지,
감자튀김, 당근 케이크, 갈비찜, 고등어구이, 에그 타르트,
아메리카노, 초코 우유, 크림치즈와 베이글, 닭강정, 장조림,
짜장면, 탕수육, 팔보채, 짬뽕, 양장피, 삼선 누룽지탕, 마파두부,
참치 김밥, 치즈 김밥, 야채 김밥, 떡볶이, 순대, 튀김, 간, 허파,
햄버거, 콜라, 부대찌개, 돈가스, 버섯 리조또, 오므라이스,
까르보나라, 고구마 샐러드, 오곡 비빔밥, 김치찌개, 된장찌개…

이렇게 잘 먹는데
화장만 안 먹어.

MON	TUE	WED	THU	FRI	SAT	SUN
		1 ·아이디어회의 ·기획회의	2 ·외주 미팅 ·아이디어 회의	3 ·사무님보고	4 ·차장님 결혼식	5 ·친구결혼식 ·아이디어 회의
6 ·아이디어 회의 ·광고주보고	7 ·외주업체 미팅 ·기획미팅	8 ·아이디어 회의 ·광고주보고	9 ·광고주보고 ·아이디어 회의	10 ·사장님보고 ·기획회의	11 ·친구결혼식 ·기획미팅	12 ·아이디어회의 ·동창모임
13 ·아이디어 회의	14 ·광고주보고 ·아이디어회의	15 ·OO OT받기 ·아이디어회의	16 ·광고주보고 ·아이디어회의	17 ·외주업체 미팅	18 ·아이디어회의 ·저녁, 동아리모임	19 ·아이디어회의 ·OO결혼식
20 ·광고주보고 ·아이디어 회의	21 ·아이디어회의 ·XX상영일	22 ·아이디어 회의 ·광고주미팅	23 ·정산하기 ·아이디어 회의	24 ·월급날♡ ·카드값 나가는날	25 ·친척동생 결혼식	26
27 ·광고주미팅 ·아이디어 회의	28 ·감독 미팅 ·기획미팅	29 ·사장님보고 ·아이디어 회의	30 ·아이디어 회의 ·기획미팅	31 ·촬영 ·라디오녹음		

D-day

소풍 가는 날
약속 있는 날
친구 생일 파티하는 날
어렸을 땐 이벤트 있는 날이 기다려졌는데

지금은 아무것도 없는 날이 기다려진다.
회사 안 가는 날.
약속 없는 날.
친구 결혼식 없는 날.

부디
아무일
없어야할 텐데…….

그 많던 기름은
다 어디로 갔을까.
모공아, 힘내!

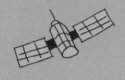

산유국

산유국이었던 내 얼굴에도
마침내 기름이 고갈되었다.

기름종이 두 장은 너끈히 채우던 내 얼굴은
이제 기름종이 한 장을 끝내 채우지 못한다.

나이가 드니
기름 한 방울이 이렇게 소중할 줄이야.

기름 부자들이 부러운 건
돈 때문만이 아니다.

돈 주고도 살 수 없는 기름이 있어.

265

나이 목걸이

내 목을 감싸던 희미한 선들이
한 해 한 해 점점 굵고 선명해진다.
마치 나무의 나이테처럼.

이제는 누가 봐도
"이것 보소! 나 목주름 있는 여자요!"
라고 힘껏 외치는 것 같다.

진정, 여자의 나이는
얼굴이 아니라 목을 보면 보인다.

나는 목은 짧고 어깨는 솟은 체형이라
목을 가리는 터틀넥 셔츠나 스카프는
답답해보여 어울리지 않는다.
그러니 이 목주름에 예민할 수밖에.

어떻게 해야 할까.
이건 성형으로도 어찌할 수 없는 것.
지금이야말로 상상력을 펼쳐야 할 때.

이건 목주름이 아니야. 목걸이야.
인생의 훈장 같은 거랄까.
남들과는 다른, 아무도 빼앗아갈 수 없는.
아주 자랑스러운 나만의 목걸이지.

아, 어쩌지. 이건 정말 멋진 일이야.

숨바꼭질

어른이 되면
할 수 있는 게
많아질 줄 알았는데

하면 안 되는 일이
많아지는 거였나 봐.

이를테면,
울고 싶을 때
우는 거라든지….

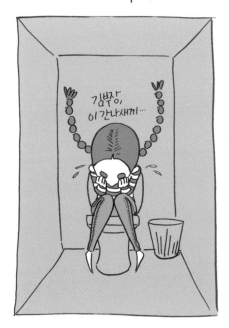

퇴화론

인류가 늘
진화만 하는 것은 아니다.

어른의 분기점을 넘으면
몸은 서서히 퇴화하기 시작한다.

다시 어린아이로.

흔적은
남아있군.

안 그래도 없는
여자력이
점점 줄어든다.

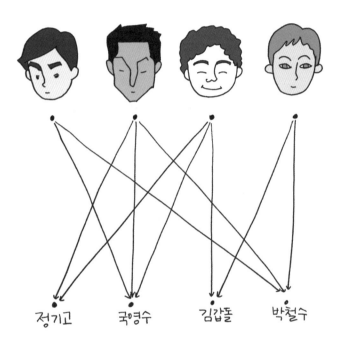

정기고   국영수   김갑돌   박철수

난이도 上

해가 갈수록
문제 풀 때도
사람 관계도

이해력은 올라가는데
암기력은 떨어져서

저 사람 이름이 기억이 안 나네…
아… 누구시더라….

내 나이가 많아서

단발머리가 귀밑 3센티를 넘으려 하면
귀싸대기를 날리려 하셨고
교복 치마 길이를 줄이려 하면
아예 갈기갈기 찢어버리려던 모친 덕분에
나는 빨리 어른이 되기를 고대했다.
아아, 언젠가 꼭 색기발랄한 신여성이 되리라!

그러나 막상 어른이 되고 나니
멋 부리는 것도 아무나 하는 것이 아님을 알았다.
그것은 엄청난 관심과 노력을 필요로 하고
나는 곧 죽어도 멋은 부려야 하는 인간이 아니었고
그러다 보니 멋부림 또한 '언젠가'의 일로 미뤄놓았던 것이다.

야한 옷
야한 화장
야한 포즈

나이 들면 할 거라 생각했던 것들이
나이 들어서 못하는 것들이 될까봐
슬슬 조급해진다.

더 늦기 전에 서둘러주세요.

노처녀

하얀 솜사탕이 데굴데굴 굴러가는 줄 알았는데 강아지였다.
나는 강아지를 쓰다듬으며 말했다. "너 너무 예쁘다!"
강아지 주인이 강아지에게 말했다. "아줌마가 너 예쁘대~"

두둥! 뭐?
나는 인사도 없이 벌떡 일어나 가던 걸음을 재촉했다.

그렇다. 나는 이제 누군가의 눈에는
아줌마의 포스를 풍기기도 하는 모양이다.
하지만 쉽게 인정할 수 없었다.
사회 통념상 나이가 꽤 있는 기혼 여성을 아줌마라고 하지 않던가.
그렇다면, 나이는 꽤 있지만 미혼 여성인 나는 도대체 뭐란 말인가.
머리를 스치는 단어가 하나 있다. 노처녀.

그렇다. 나는 지금 노처녀를 향해 쾌속질주하고 있다.
아줌마라는 말 못지 않은 충격과 함께.

심지어 노처녀라는 말이 품은 뉘앙스는 아줌마보다 더 처절하다.
"노처녀 히스테리야." "노처녀라서 그래." "저러니까 노처녀지."
족보처럼 내려오는 노처녀에 대한 선입견 때문일 것이다.

"너 아직 노처녀 아니야." 주변인들은 위로해주지만
안타깝게도 노처녀는, 내가 임명하는 게 아니라 남들이 임명해주는 것이다.

NO! NO! NO!

저 여자가
저런 건
노처녀라서가
아니야.

원래 그런
사람인 거야.

나는 주장한다.
결혼한 사람들이 모두 온화하고 착한 건 아니듯
결혼하지 않은 사람들이 모두 날이 서고 못된 건 아니다.
결혼을 했다고 모두가 행복한 게 아니듯
결혼하지 않았다고 모두가 불행한 것도 아니란 말이다.

독신주의자는 아니지만 어쩐지 오기가 생긴다.
내가 보여줄 테다.
노처녀는 사실 꽤 멋있는 사람이라는 걸. (과연?)
꽤 괜찮은 노처녀들이 대세가 된다면,
노처녀라는 말이 언젠가 모두의 워너비가 되지 않을까.

햇살이 창살이 되어
우울에 갇혀버린 날...

창살 없는 감옥

비만 오면
감정이란 감옥에 갇힌다.

이런 날은 되도록이면
사람을 피하는 게 좋다.
우울감은 전염되니까.

다른 사람의 기분까지 배려하다니
오… 나 되게 어른스럽다.

재미 삼아 점을 보는데, 소름 끼치도록 매년 듣는 말이 있다.

 결혼은 2년 후에

2년 후에
결혼 운이 있어

 2년만 기다려봐

2년 후가 딱 좋아

 2년 후에도, 10년 후에도, 20년 후에도
매년 이 말을 들을 것 같으니

생명 연장의 기술

1. 병원이 아니라 점집에 간다.

2. 결혼은 언제쯤 하는지 묻는다.

3. 늘 그렇듯 "2년 후에"라는 답을 듣는다.

4. 앞으로 2년은 더 살 것이라는 뜻이므로,
   2년마다 가서 생명을 갱신한다.

오래 사는 것, 이렇게 쉽다.

100세 시대

바야흐로 100세 시대다.
오래 살 수 있다는 기쁨만큼 두려움이 엄습한다.
60세 전후로 직장생활을 마감해야 하는 현실에서
노후대책 없이 긴 수명은 반가운 일만은 아니다.

그래도 혹시, 우리 살아있는 동안
꿈같은 일들이 일어나진 않을까 조금은 기대해본다.
은퇴 후 새로운 직업을 가질 수 있기를.
한 번 포기했던 일을 두 번째 시작할 수 있기를.
자식들 내던지고 온전한 내 인생을 살 수 있기를.

천하에 부러울 것 없던 진시황도
불로장생을 꿈꾸며 50세에 죽었는데
지금 무덤 속에서 우릴 얼마나 부러워할까.

그러니 즐거운 마음으로
건강과 미모 관리에 박차를 가하자.

세상의 모든 피터팬들에게

난 아직도 어린인데
내 몸이 너무 커져버려서
사람들이 나보고 어른이래.

세상은 나에게
어른이란 이름으로
이제는 좀 철이 들기를
유연해지기를 요구하지만

때론 뻔뻔함과 타협을
강요하기도 하지만

내가 끝까지 내 안의 순수를
놓아버리지 않기를.

죽는 날까지 하늘을 우러러
한 점 부끄럼이 없기를.

강한 척
안 아픈 척
괜찮은 척

어른인 척 하느라
수고가 많으십니다.

연애 못하는 것도 경험이라고
사회 부적응도 경험이라고
우물쭈물 살다가 책까지 나오게 되었다.

그러고 나니 앞으로가 더 걱정이다.
나의 못남과 찌질함은 만천하에 공개되어
앞으로 남친은 더더욱 안 생길 것 같은 예감.
몸 둘 바를 모를 정도로 많이 부끄럽고
어쩐지 세상의 눈총이 따가운 느낌.

아, 이런…
연애는 잼병
인생은 옘병

이왕 이렇게 된 거
책이라도 잘 팔려야 할 텐데.

빨강머리N

copyright ⓒ2016 최현정

글·그림 최현정

1판　1쇄 발행 2016년 3월 21일
1판 14쇄 발행 2018년 5월 3일

발행인 신혜경
발행처 마음의숲

대표 권대웅
주간 이효선
기획편집 송희영
디자인 임정현
마케팅 노근수 허경아
인쇄 스크린그래픽
제본 (주)상지사P&B

출판등록 2006년 8월 1일(105 - 91 - 03955)
주소 서울시 마포구 동교로 144 - 13(서교동 463 - 32, 2층)
전화 (02) 322 - 3164~5 | 팩스 (02) 322 - 3166
페이스북 facebook.com/maumsup
ISBN 979 - 11 - 87119 - 70 - 8 (03810)

마음의숲에서 단행본 원고를 기다립니다.
따뜻하고 생동감 넘치는 여러분의 글을 maumsup@naver.com으로 보내주세요.

이 도서의 국립중앙도서관 출판예정도서목록(CIP)은 e-CIP홈페이지(http://www.nl.go.kr/ecip)와
국가자료공동목록시스템(http://www.nl.go.kr/kolisnet)에서 이용하실 수 있습니다.
(CIP제어번호: CIP2016006711)